ベリーズ文庫

結婚前夜に殺されて人生8回目、今世は王太子の執着溺愛ルートに入りました⁉ ～没落回避したいドン底令嬢が最愛妃になるまで～

瑞希ちこ

STARTS
スターツ出版株式会社

目次

結婚前夜に殺されて人生8回目、今世は王太子の執着溺愛ルートに入りました⁉～没落回避したいドン底令嬢が最愛妃になるまで～

特別書き下ろし番外編

冷徹王太子
ノア
ローズリンド王国の第一王子。容姿端麗かつ成績優秀で、強力な魔力を持つ非の打ちどころがない人物。完璧すぎると周囲から距離を取られることも。ただ、エルザのこととなると、溺愛に歯止めが効かなくて!?
生意気精霊
ピアニー
神様に創られたお花が大好きな精霊。普段は小さい女の子の姿をしている。
ドン底令嬢
エルザ
生まれてすぐ両親を亡くし、孤児院育ち。9歳の時に伯爵家に引き取られ、育ててくれた家族に恩返しをしたいと思っている。没落寸前の家を救うため死のループを回避するも、待っていたのはノアからの溺愛漬けの毎日で…!?
もふもふ精獣
リック
王宮でノアのペットとして飼われているが、実はその正体は精獣で…!?　エルザにだけはもふもふするのを許している。

結婚前夜に殺されて人生8回目、今世は王太子の執着*溺愛ルートに入りました!?

没落回避したいドン底令嬢が最愛妃になるまで

CHARACTER

ノアの専属侍女
ベティ

孤児院時代のエルザの友人でお姉さん的な存在。ノアとベティが恋仲とエルザは勘違いしていたが、実際ベティはノアに呆れていて…!?

ノアの親友で補佐役
アルベルト

ノアに負けず劣らずの美男子で、有能な王太子補佐。学園のモテ男ランキングで1位のノアに勝てなかったことを根に持っているが、ノアは興味なし。

侯爵令嬢
フリーダ

エルザとの結婚前、誰よりもノアに熱烈アプローチをしていた令嬢。ふたりの結婚が決まってからも納得ができないようで…。

KEYWORD

ローズリンド王国

魔法や精霊が存在していて、それらを大切に扱っている国。魔力が持てるのは王家のみ。

聖女

神に加護を捧げられた特別な女性で、王家と同等の力を持てる。ローズリンドでは200年以上現れていない。

神と精霊の庭

国の中心部にある神聖な場。管理することができるのは、王家の人間と聖女のみとされている。

結婚前夜に殺されて人生8回目、
今世は王太子の執着溺愛ルートに入りました⁉
〜没落回避したいドン底令嬢が最愛妃になるまで〜

1 プロローグ

八度目の朝を迎えた。

血のついたはずの手は真っ白で、身体はどこも痛くない。外からは鳥の可愛らしい鳴き声が聞こえ、空は快晴。

なんとも気持ちよく、清々しい朝だ。……これが、何度も見た光景でなければ。

同じ朝食を食べ、同じ会話をし、また部屋へ戻ってくる。そこで、私は大きなため息を吐《っ》く――ここまでが、ループした日の朝のルーティーンである。

「……また結婚できなかった～～っ！」

侍女に紅茶だけ用意してもらい、部屋でひとりになった私はそう叫ぶとベッドに突っ伏した。

どうして!? なんで!? 私はいつになったら結婚できるの！ それに……いつになれば、私は彼に殺されずに済むのか。

シーツに顔を埋めたまま、私はこの八度目の朝に戻る少し前……つまり、七度目の人生の終わりをひとりで思い返した。

――それは、もうすぐ日付が変わろうとしている真夜中のこと。

すっかり静かになった屋敷の自室で、私は窓から空を見上げていた。その夜はあまり星が出ておらず、ただ光のない夜の色が無限に広がっている。

ずっと見つめていると、この闇に吸い込まれてしまいそうだ。そんな不安がふと襲ってきて、私は空を見るのをやめる。

この夜は私にとって、独身最後の夜だ。

私は明日、一年ほど婚約関係だった相手と正式に結婚する。両親もとても喜んでくれ、前祝といって屋敷で家族だけの小さなパーティーを開いてくれたほどだ。

婚約者のことは、正直そこまで好きではない。姿を思い浮かべても胸がときめくことはなかったし、彼との結婚を心から喜んでいるわけでもない。

しかし、貴族というのは愛のない結婚が当たり前の世界だ。想い人と結婚できるケースは珍しい。

恋愛感情がなくとも、尊敬できるところがあればそれはひとつの〝愛〟に変わるはず。

私は結婚に関して、常にそうやって前向きに考えるようにしていた。そのほうが、幸せな未来に近づくと思っているからだ。

幸せになりたい。周りから羨ましいと思われるような幸せでなくていい。ただ、平和に毎日笑顔で暮らせれば……ただ、無事に明日を迎えることができればそれでいい。

──どうか、私に平和な明日がやってきますように。

私はベッドの中で、そう強く願った。そしてうとうとと眠気がやってきたところで、ひたひたと、誰かが近づいてくる気配を感じる。

そして身体を起こそうと思った時には、既に遅かった。なぜか痛みはないけれど、胸のあたりがひどく熱い。熱くなった場所に触れれば、手には真っ赤な血がべったりと張りついている。

……ああ、やっぱりダメだった。これでもう何回目だっけ。

助けを求める声も、もう出やしない。ぼやけた視界から見えるのは、血を浴びた金色の髪と、光を失って濁ったアクアマリンのような瞳。

どうして、あなたはいつも私を殺すの？　ねぇ……。

「どうして」

月夜に照らされ、絶望する彼がぽつりと発したその声が、私の心の声と重なった。

同時に、私の七度目の人生は終わりを告げたのだった。

2　ループ七回目、今度は逃げません

——私、エルザ・レーヴェは、なぜか結婚前夜にいつも同じ人に殺されて、この日に戻ってくる。そう、王立学園を卒業して一週間後の朝に。

もうループも七度目だ。初めてループした時はそれこそパニックに陥り、壁に自らの額《ひたい》を強めに打ちつけて夢か現実かの確認をした。じんじんと鈍い痛みが襲いかかり、これが現実だと悟った時は、しばらく放心状態になり周囲から心配の声があがったのももはや懐かしい。

しかし、最初こそなにが起きているのかわからなかったが、ここまで来るとループすること事態にはすっかり慣れてしまっている自分がいる。

「やっぱり、結婚できるまでこのループは続くのかしら……だからこの日にループしているのよね……」

私は顔を上げると、二度目のため息を吐いた。

今日は王家主催のパーティーが開催される日で、私が最初の人生で本格的に婚活を始めた日なのだ。そしてそれは、何度ループしても変わらない。私が婚活をしないなんて選択は、今世でもありえないものだった。私にとって結婚というのは、人生で切り離せないものだから。

元々、私は生まれてすぐ両親を失い、小さな村にある孤児院で育ってきた。そして九歳の時、慈悲深い優しいレーヴェ伯爵と夫人に引き取られた。ふたりは既に跡継ぎとなる男の子を生んでいたが、その子が極度の人見知りかつ寂しがり屋だったため、常にそばにいられるしっかり者の姉となる存在を望んでおり、私が選ばれた。

それからは三つ下の弟、アルノーと一緒に、毎日たくさん遊んでたくさん勉強した。本当の姉弟のように仲良くなり、伯爵と夫人も、私を実の娘のように可愛がってくれた。弟と差別することもなく、平等に愛を注いでくれたのだ。

だが、ちょうど私が十六歳の頃。そんな優しい性格が仇となり、伯爵――お父様は、商談で大きな詐欺に遭い、領地経営が困難となった。所持していた領地を他所《よそ》に引き渡すこととなり、私たちの生活は一変。爵位こそあるものの、決して裕福とはいえなくなった。

私は元々孤児院育ちのため、貧しい生活には慣れていたし、白い目で見られたとしても平気だった。

温かい食事と家族、住む場所さえあれば、それは貧しい生活とは思わなかった。でも、アルノーはそうもいかなかったようで、急な環境の変化に心を病み、ふさぎ込むようになってしまったのだ。

たしかに貧しい環境になった途端、煌《きら》びやかな貴族の世界とは距離を置かざるを得なくなった。社交の場へ行くための新しい衣服も買えず、いつも同じような服を着て行けば馬鹿にされ、次第に自ら足が遠のく。

馬車も小さなものが一車あるのみで、ほとんど両親の仕事のために使うことが多く、必然的に出かけることは少なくなった。

そのため、私も入学したての学園で、クラスメイトからの誘いに応えることができず、気がつけば進んでひとりでいるようになった。私はひとりが結構好きだったため、全然苦ではなかったし、周りも私が好きでひとりでいるのだと解釈していたと思う。学園生活は、それなりに楽しませてもらった。

しかし、その間もアルノーは部屋に引きこもり元気がないまま。弟の姿を見ると、とても胸が痛い。そして両親も我が子にそんな思いをさせた自分たちを責めている。

あんなに笑顔の絶えなかった屋敷から、笑顔が消えた。

そして私は、ここまで貴族として育ててくれたレーヴェ伯爵家にどうしても恩返しをしたかった。

……そのために私ができることといえば、少しでもいいところの令息と結婚すること。

貧しくなったといえど、伯爵という身分は変わらない。うちの援助を僅《わず》かでもしてくれるなら、私はどんな相手でも迷わず結婚する。それに私が嫁げば、娘ひとりぶんを育てるお金も浮くだろう。そうすれば、アルノーも今よりはいい生活ができる。

アルノーもまた、お父様に似て優しい性格をしている。それゆえに、傷つきやすくとても繊細だ。だけど、弟ならまたこの伯爵家を立て直してくれると信じている。ならば私もできることをやりたい。

「お父様、お母様、私に任せてください。今日呼ばれているパーティーで、必ず素敵な人を見つけてきます」

広間で覇気のない様子でソファに座っている両親に、この言葉を伝えるのも、最初の人生も合わせてトータル八度目だ。

「エルザ……そんな、無理しなくたっていいのよ」

「いいえ。私ももう十八歳。立派な大人です。九年、お父様とお母様にたいへんよくしていただきました。これからは、私がお返しする番です」

「……エルザ」

涙目になり、私を見つめる両親。ふたりは私の婚約、そして結婚が決まった時、以前のような笑顔を見せてくれるのも知っている。結婚前夜の小さなパーティーには、アルノーも参加してくれた。私はそんな幸せな時間の続きが見られるまで、人生を、結婚を、諦めるわけにはいかない。

よりよい縁談を結ぶためには、人脈が大事だ。今日のパーティーにはいろいろなところから人が集まる、またとないチャンス。

この機会を逃すと、いい婚約者を見つけることはできなくなる。

私は侍女の助けで目一杯めかしこみ、日が沈む頃、王宮へと八度目の馬車を走らせた。

王宮の門の前へ着くと、私と同じパーティー参加者がぞろぞろと入り口に向かっている。

今回のパーティーは、私が生まれ育った国、ローズリンド王国の王家主催の大規模なパーティーだ。毎年、ローズリンド王立学園の卒業式が行われた一週間後に開催される。

現役の学園関係者は無条件で参加可能。そのほかは王家と関わりの深い名家や他国のお金持ち等、上流階級の者が参加する。よって、私が無条件で参加できるのはこれが最後の機会。なぜなら今年卒業した私は、来年から学園関係者でなくなるからだ。卒業生は誰でも参加できる、みたいな甘い条件は設定してくれていない。そんなことをしたら毎年人数が増えていき、招待状などの処理もたいへんになるからと聞いたことがある。

パーティーは王宮の一部を使って、優雅な音楽にダンス、美味しい食事、それらを嗜《たしな》みつつ社交を存分に楽しむもの。……ついでに言うと、私は繰り返す人生の中ですべて、このパーティーで結婚相手を見つけていた。毎回よさそうな人を見つけるのは難しかったりする。それでも気合と熱量は誰にも負けないため、頑張って捜し出していた。

孤児だった私がこんな煌びやかな場所に参加できるのも、学園に通わせてくれた両親のおかげだ。アルノーも来年には入学を控えているが、本人があまり乗り気でない。加えて学費も高いため、もしかしたら通わないという選択肢をとる可能性がある。それだけは避けたい。

私自身がお金を稼げる能力があれば、どれだけよかったか……。

どうせループするなら、もっと過去に戻してほしかった。そうすれば詐欺も防げたし、私も出世できるよう努力したのに。残念ながら、この時の私はごく平凡な伯爵家の娘で、これといった特技もない残念な女だ。敢えて特技とするならば、他人より記憶力がいいことだろうか。

人の流れに乗りながら、私はようやくパーティー会場となる大広間へと辿《たど》り着く。様々な色の派手なドレスが会場内を埋め尽くし、目がちかちかした。

さてと。時間が許す限り、いろいろな人と話さないと。

この空気に圧倒されないよう、気合を入れ直す。すると、会場に着くなり嫌な視線を感じ思わず鳥肌が立った。

「……今回もお出ましね」

誰にも聞こえないほどの小声で私は呟く。

嫌な視線の先を辿ると、そこにいたのは——ノア・ディールス第一王子だった。

ノア様は容姿端麗、成績優秀。この国では王家のみが魔力を持っており、ノア様もその強力な魔力を受け継いだ、非の打ちどころがない完璧王子様。だが……私は彼の光り輝く金色の髪と、透き通るアクアマリンの瞳が赤く染まるところを知っている。

そう、これまでの人生で私を殺している張本人——それが、あのノア様なのだ。

ノア様はあまりに完璧すぎて、少々近寄りがたいオーラがある。だけれども話しかければきちんと対応してくれて、令嬢たちには穏やかな笑顔だって浮かべていた……私以外には。

学園で同級生でもあった彼とは、この二年間顔を合わせる機会が多々あった。そんな中で、私だけは一度もノア様に微笑《ほほえ》みかけられたことがない。どちらかというと、嫌そうな表情を浮かべていたのはよく覚えている。

――ノア様、よっぽど私のことが嫌いなんだろうなぁ。昔遊んだことも、きっと忘れてるわよね。

私がまだ孤児院で暮らしていた頃の話だ。

ローズリンドには、魔法や精霊が存在し、国の中心部には〝神と精霊の庭〟と呼ばれる神聖な場所がある。その名の通り、神と精霊が棲んでいる庭だ。

そこに立ち入れるのは、神と友人になりこの国を創ったといわれるディールス家の血を引く者、つまり王家の者しか入れないと言われていたのだが、幼い私はどうしても精霊を見たくて、こっそりひとりで遊びに行ったことがある。

中には入れないと思っていたが……どういうわけか、私は庭へ入ることができた。理由はわからないが、当時の私は〝ラッキー！〟くらいにしか思わなかった。

そしてその庭で会ったのが、幼き日のノア様だった。

今思えば、王家の血を引くノア様がいたから、庭へ入る結界が開かれていたのかも？と推測している。

ノア様は私を見て驚いていたが、追い返すこともしなかった。そのうち、私はノア様と他愛もない会話を交わすようになる。

『僕は毎週水曜日にここに来るんだ。だから、また話そう』

帰り際、ノア様は私にそう言ってくれた。孤児院以外で友達ができたことが嬉しくて、私は水曜日になると毎週孤児院を抜け出し、ノア様との密会を楽しんできた。しかし、そんな日々は長くは続かなかった。院長にバレてしまったのだ。

『王家の方と関わるなんて……エルザ、もしなにか無礼なことをしたら、あなたは不敬罪で罰を受けることになるのよ。ノア王子は、雲の上の人なの』

院長に言われて、私はノア様とは住む世界が違うのだとようやく気づいた。身分の差は大きく、もう二度と彼とあんな距離で会話をすることはないと思うと悲しかった。

……最後の密会で、ノア様に『将来結婚しよう』と言われたのは、今でも甘酸っぱい思い出だ。幼いながらに、すごくときめいてしまった。私にとっては懐かしい記憶でも、ノア様にとっては黒歴史に違いない。だからこんな話は、誰にも打ち明けてはいない。

その後、偶然にも伯爵家に引き取られ、学園でノア様と再会した時は素直に嬉しかった。でも、ノア様の様子は昔とすっかり変わっていた。あきらかに、私にだけ異様に冷たかったのだ。

――私はノア様に嫌われている。

一度どうしてかノア様に話しかけられたことがあったが、私は話も聞かずに彼から逃げてしまった。声をかけてきた時のノア様があまりに怖い顔をしていて、なにか文句を言われると思ったからだ。

ノア様との思い出は、幼い頃の、綺麗《きれい》なままで終わりたい。そう判断し、在学中はできるだけ距離を置いた。

なぜ嫌われているのかわからなかったが、その理由は、まだループする前の最初の人生で訪れたこのパーティーで、ようやくあきらかになった。

『見て。ノア様ったら、またあの侍女を連れて退席してるわ』

近くの令嬢たちが、噂《うわさ》話を始める。

私がノア様に嫌われている理由……それは、ノア様が連れている専属の侍女が大きく関係していた。

ノア様の侍女は、とても美しい女性だ。学園にもたびたび連れてきているのを見たことがある。

よくふたりで一緒にいることから、貴族たちの間では『ノア王子がずっと婚約相手を決めないのは、あの侍女と禁断の恋を育んでいるからだ』と言われていた。

私はノア様の専属侍女を見るたびに、どこか懐かしさを覚えていた。そして後《のち》に、その懐かしさの正体に気づく。ノア様の専属侍女、ベティーナことベティは、私の孤児院時代の友人だったのだ。

さらに言えば、本来レーヴェ伯爵家の養子になると最初に言われていたのはベティだった。それがなぜか、直前に私に変更されたのだ。

元々私たちふたりのどちらにするか迷っているとは聞いていたが、ほぼベティが確定と言われていたため、ひどく驚いたことを覚えている。

……きっとノア様はそれを知っていて、そのせいで私が憎いのだろう。だってあの時ベティが選ばれていたら、禁断の恋なんて周りから陰口をたたかれることもなかった。

王子と使用人が結ばれるなど、この国の制度では許されることではない。ふたりは身分という大きな壁により、結ばれない運命を辿る羽目になったのだ。ノア様が国王となり独断で法律を変えれば結婚も叶うだろうが——そんなの、何年先のことだろう。

そのため、ベティが伯爵令嬢になるチャンスを奪った私を、ノア様が憎むのは当然だ。私は最初の人生から、そう理解していた。だから嫌われていたのかとも納得がいった。

そんな私がふたりをよそに結婚して幸せになろうとするから、ノア様は募った恨みが爆発して私を殺しにきているのだろう。お前に結婚などさせないと。

しかし、私にとっても結婚は譲れない条件だ。周りの援助なしでは、最悪伯爵家は没落してしまう。

レーヴェ伯爵家にこれでもかというほどの恩がある私は、死の恐怖よりも恩返しの精神が勝っていた。

「これで七度目なわけだけど……どういう相手を選べば今度こそノア様から逃げられるのかしら」

喧騒の中、ひとり立ち尽くし私は呟く。

これまでもいろいろな相手を試してみたが、すべてダメだった。

優秀な騎士、留学生の王子、商売を成功させた男爵令息、最新でいうと、十歳年上の侯爵。騎士と王子は繰り返し婚約してみたっけ……。

だが、記憶力のいい私でも、なぜかひとりめの婚約者だけよく覚えていない。ただ、最悪な相手だったことはたしかだ。彼のことを思い出そうとすると――。

「うっ……痛っ……！」

こんな感じで、いつもひどく頭が痛くなる。まるで呪いのように。

だけどもはっきり覚えているのは、最初の人生でも、私はノア様に殺されたということ。なぜなら最後に見た記憶が、私に剣を突き立てるノア様だったからだ。

「見て。ノア様ったら、またあの侍女を連れて退席してるわ」

頭痛に眉をひそめていると、毎度おなじみの令嬢たちの噂話が耳に入って来た。意識をそちらへ集中させると、頭痛は次第に収まっていく。

「ノア様、そろそろ真剣に結婚相手を選ばないと環境を変えるって国王様に言われているみたいよ」

「それって、遠回しにあの侍女をやめさせるってことよね」

「もっと早く手を打てばよかったのに。今頃ふたりでお楽しみ中よ」

「侍女が追い出されたら、私たちにもチャンスがくるかしら」

「フリーダ嬢がいるから難しいんじゃない？」

楽しげに噂話をする令嬢たちを見て、なんともいえない気持ちがこみ上げる。

……ノア様もベティも、愛する人と身分が違うってだけで引き離されるなんてかわいそう。ベティがいつからノア様の専属侍女になったかは知らないけれど、きっと長い時間をかけて、ふたりは愛を育んできたはずだ。

それなのに想いが報われないなんて、そりゃあ、ノア様も闇堕ちしちゃうわよね。

どうにかふたりが結ばれれば、きっと私もノア様に殺されるなんてことはなくなると思うけれど——あ。

私はループ七度目にして、斬新な案を思いついた。私がノア様と結婚すれば、どうにか解決できるのではないか、と。

もちろん、ベティからノア様を奪ってやろうなんて考えていない。私はただのお飾り妻でいいのだ。陰でベティと愛を育んで、好きにしてもらって構わない。そうすれば、ふたりは引き離されないで済む。その代わり——レーヴェ伯爵家の援助だけしてくれるならば。

王家の援助があれば、正直怖いものはない。アルノーだって学園に通えるし、周囲から馬鹿にされることもなくなるだろう。

時期を見て、もしノア様とベティが正式に結婚できるような環境が整えば、すぐさま離縁もばっちこいだ。それまでに実家を立て直しておけばいいこと。そこからは、私も自由気ままな人生を送らせてもらう。いくら私を嫌いなノア様でも、これなら決して悪い話ではないはずだ。

……これまでは嫌われているという理由でノア様を避けていた。だが、今回は彼に寄り添ってみるのもアリなのではないか。

愛する人と一緒にいるために必要な存在を、ノア様が殺すことはしないだろう。私も結婚できればいいし、うまくいけば、これ以上にいい方法はない気がする。

すると、ちょうどいいタイミングでノア様がベティと共に再度会場へ戻って来た。

今まではこの時間、既にほかの令息と話し込んでいたから知らなかったが……戻ってくるなり、ノア様の視線は私へと向いている。いつもと変わらず、恨めしそうな表情だ。……ずっと逃げていた。その視線が怖くて、目を逸《そ》らしていた。でも――今世は逃げない！

「ノア様」

私は自らノア様のもとへ駆け寄ると、にっこりと笑ってこう言った。

「よろしければ私とお話しませんか？」

この時のノア様の驚いた顔は、一生忘れないだろう。

3　結婚しよう

びっくりして固まるノア様に、とにかくにこにこと笑いかける私。ノア様も、私から話しかけてくるなど予想外だったのか。

「わ、私は失礼します！　どうぞあとはごゆっくり！」

隣にいたベティは大きな声でそう言うと、その場から走り去ってしまった。

……まずいわ。ノア様を横取りしたみたいになっちゃった。あとでベティともゆっくり話す機会を設けられたらいいのだけれど。

「……向こうで話そうか」

「え？」

「俺と話すんじゃあなかったのか？」

てっきり断られると思っていたため、承諾してもらえたことに驚く。

「は、はい！　話したいですっ！」

「……じゃあ行こう」

「はい！」

テンション高めに返事をする私を見て、ノア様はクールにふいっと顔を背ける。そしてスタスタと足早に歩き始めた。

こんな展開は初めてのことだ。周囲からの視線が突き刺さって痛い。

どこへ向かっているのかわからないままとりあえずあとをついていくと、ひとけのないテラスに到着した。

――ま、まさかここで私を殺すなんて暴挙にはさすがに出ないわよね⁉

ノア様と暗がりにふたりきりというシチュエーションは、私に死を連想させる。とてつもない緊張感の中、先に口を開いたのはノア様だった。

「……今日は、いい天気だな」

突然天気の話をされ、私は拍子抜けする。

「え？　は、はい。そうですね」

「本当に、ものすごい青空で、雲もゆっくりと流れて……」

「……えーっと、たしかに昼間はそうでしたね。今は星が綺麗です」

「！　そうだな。今は夜だったな」

……ノア様？

昼と夜を素で間違えるなんて、完璧王子のノア様がするだろうか。そんなはずないわよね……。ていうか、今の会話はいったいなんだったの。

まさかノア様と天気の話をする日が来るとは思わなくて、思わず笑みがこぼれる。

「ふふっ。ノア様は、晴れの日がお好きなのですか？」

「あ、ああ。雨よりはいい」

なんて単純な理由。面白くてさっきまで抱いていた緊張が、一瞬にして解けていく。

こんなに普通に会話をしてくれるなら、勇気を持ってもっと早く話しかけてみたらよかった。

「はぁ。なんだか安心しました」

「安心？」

「はい。ノア様とこうやってお話しできて」

死ぬほど嫌われていると思い込んでいたため、普通に接してもらえただけでもほっとする。

「……君は、俺とずっと話したいと思っていたのか？」

「……そうですね。でも、話しかける勇気がなくて。私、ノア様にすっごく嫌われている自覚がありますから」

それもこれも、在学中にノア様が私を睨《にら》み続けたせいでもある。が、ベティとの事情を知ってしまった今、そこを責める気にもなれない。

「……嫌い？」

ためにためて、ノア様が心底驚いた顔で私のほうを見た。

「誰が、誰を？」

「ノ、ノア様が、私を」

「嫌い？」

「はい」

どこまで細かく言わされるのか。私を嫌いという事実は、ノア様がいちばんわかっているだろうに。

ノア様はなぜか右手を額に当てて天を仰いでいる。……どうしたんだろう？

しばらくそうしたあと、ノア様は身体ごと私のほうを向いて言う。

「エルザ、俺は君を嫌ってなんかない」

「……えぇっ⁉」

それは何度も何度もループした中でもあまりに衝撃的な言葉だった。ノア様が私を嫌いじゃない？　そんなわけない。だったら、なぜあんなに執念深く私の結婚前夜に私を殺しにきたのか説明がつかない。

……それとも、この時点の私のことはそこまで嫌っていなかったのだろうか。結婚が決まったから、憎悪が爆発したとか？

大いにありえる。大体、ノア様も馬鹿ではない。ここで私に本心を悟られるような真似はしないはずだ。単に私への気遣いの可能性も否めない。とにかく、この言葉を真に受けて油断するのだけはやめておこう。

「なぜそんなに驚くんだ？」

「い、いえ。嫌われていると思い込んでいたので。ほら、ノア様って私を見る目が冷たかったから～……」

「？　そんなことないと思うが」

本当に思い当たる節がないのか、ノア様は真面目な顔をして首を傾《かし》げた。

「むしろ――いや、なんでもない」

ノア様はそのままなにかを言いかけて、はっとしてやめる。嫌いという本音が出そうになったのを慌てて隠したのだろうか。

「でも、だったらどうして今日は話しかけてくれたんだ？」

どういう風の吹き回しなのか、それを確認したいのだろう。

「それは……ノア様とゆっくり話す機会は、これが最後になるかもと思って」

「最後？　なぜ？」

さっきから、ノア様は私の言葉の確認ばかりしてくる。

「来年からは、私はこのパーティーには参加できなくなると思います。ノア様と顔を合わせる機会は、今日が終わればほとんどなくなってしまうかと……」

実際に、これまではそうだった。

私は今日のパーティーで数名の婚約者候補を作り、そこからの時間はほぼ彼らに費やしていた。ガチで婚活をしていたのである。それ以外の時間は家の仕事や家事を手伝ったりと、そういった時間にあてていた。とにもかくにも、独身の私がノア様と会うのは、いつもの流れでいうと今日が最後なのだ。

「……もし気分を悪くしたらすまないが……その口ぶりからすると、君の家が今もたいへんだという噂は本当なのか？」

「え？　えっと……それは」

「……本当なんだな」

レーヴェ伯爵が事業に失敗したという話は、王家にまで流れていたらしい。

「お父様は優しく、人を疑うことをしないのです。それで、騙《だま》されてしまったようで……」

私はこんな話をノア様にするべきではないと頭で理解しつつも、黙って隣にいてくれる彼を幼き日のノア様と重ねてしまい、ついつい弱音を吐いてしまった。

お父様が詐欺に遭ったことで、家族の笑顔が失われたこと。このままでは、伯爵家が没落の危機にあること。

「……そんなことになっていたのか」

「ごめんなさい。ノア様に聞かせるような話ではありませんでしたね」

「いいや。さぞかしたいへんだったろう。俺にできることはないだろうか。できるなら援助させてほしい」

真剣な眼差《まなざ》しで、ノア様は私にそう言った。

私なんかに自ら援助を持ちかけるなんて……ノア様って、やっぱり優しい人なんだな。それともこの話を聞いて、ベティがたいへんな目に遭わなくてよかったと考え、私に同情心が湧いたのかしら。

――それより、これはノア様に取引を持ちかけるチャンスかも。ノア様も力になりたいと言ってくれているし、変に誤魔化したりせずに、意を決して私の思っていることをそのままぶつけてみよう。

「ノア様……私、あなたの気持ちはよーくわかっております！　これは、私たちにとって互いに幸せな未来を紡ぐためのご提案です」

「……提案？」

　私はずいっと前のめりになり、ノア様の目を真っすぐに見つめる。彼の瞳には、まだしっかりと光が残っていた。

「お飾りで構いません。私からノア様に、家の援助以外で求めることはなにひとつございません。だから、私と結婚していただけませんか⁉」

　頭の切れるノア様なら、私の意図はすべて伝わるはずだ。そう思い、玉砕覚悟で告白をした。自分を殺した相手に求婚するなんて、馬鹿げていると思っている。だが、ほかの誰と結婚しても結局ノア様に殺されてきた。だったら、試してみる価値はある。

　私からの突然の求婚に、ノア様の海のような瞳が大きく揺れて波打っている。その後しーんとした沈黙が流れ、私はこの気まずさに耐えきれなくなってしまった。

「な、なーんて。さすがにお飾りといっても、私が王族の妻になるなんて無理――」

　へらへらと笑いうまく誤魔化して、不敬罪だとブチギレられる前に退散しようとする私の両手をノア様ががしっと握る。

「しよう」

「……へ？」

「俺たち、結婚しよう」

夢でも見ているのだろうか。

私の手を握るノア様の手は、びっくりするほど温かい。そして、絶対に離さないというように強く握られている。

「君がいい。君しか考えられない」

「……ノア様」

「俺たちの未来のために、俺と結婚してくれ。エルザ」

最後にまた、ぎゅうっと力が加えられる。もはや痛い。

それにしても、こんなに必死なノア様は初めて見た。きっと私の思惑がしっかり伝わったのね……！

「はい！　お互い幸せになりましょうっ！」

ノア様はベティとの愛を貫くために。

私は、家族の笑顔を取り戻し、無事にループから抜け出して幸せに暮らすために。

――こうして、私の八度目の人生は、これまでにない大きな光を見出したのだった。

4　私はあなたのお飾り妻です

「ノ、ノア王子と結婚……⁉」

パーティー後、しっかりと今後についてノア様と話し合い、私はこの唐突で現実とは思えないような婚姻話を屋敷への土産として持ち帰った。

両親は信じられないとあんぐり口を開け、なにか言おうとぱくぱく口を動かすも声が出ないようだ。

「はい。さっきのパーティーで互いの未来のために結婚することになりました」

「？　そ、それはつまり？」

「私がノア様の心を射止めたわけではありません。利害が一致したのです」

これは愛のある結婚ではなく、契約結婚だときちんと両親にも伝えておく。

「でも私、とても嬉しい気持ちです。もちろん無理矢理ではありません。私のほうからノア様に交渉し、それを受け入れていただいたのです。だからお父様、お母様、もう家のことは心配しないでください。王家がレーヴェ伯爵家の後ろ盾についた今、怖いものはありません！」

ノア様は積極的に、レーヴェ伯爵家を援助したいと申し出てくれた。ノア様からすると、ベティを選ばなかった伯爵家を助ける義理なんてないはずだ。それでも、ノア様は私の「家族を助けてほしい」という唯一の条件を渋ることなく了承してくれた。彼にとっては、ベティと共にいられることのほうが重要なのだろう。

「領地の維持費や、領民が過ごしやすいような土地改革とか、全部力になってくれるって。それに、アルノーの学費も……！」

「あぁエルザ、お前はなんて優しい娘なんだ……私が不甲斐ないばかりに……」

「泣かないでお父様。私が優しいというならば、それはお父様に育てられたからです。私はレーヴェ伯爵家に感謝しかありません。やっと力になれました」

私はお父様とお母様と三人で抱き合う。これまで結婚と援助が決まるたびこうやって喜んでくれたが、今回がいちばん驚いているし嬉し涙を流している。やはり相手が王家となると、感動のレベルも違うのだろうか。

その後、私はアルノーの部屋を訪ねた。

「アルノー！　私、ノア様との結婚が決まったのよ！」

扉越しに、しばらくずっと引きこもっている弟に語りかける。

「これで前の暮らしに戻れるわ。アルノーも学園へ行けるのよ。また、笑顔で一緒にたくさん楽しいことをして遊びましょう。アルノー」

するど、ガチャリとドアノブを引く音がして、中から瞳を潤ませた弟が姿を現す。

「……アルノー！」

「エルザ姉さん……！」

久しぶりの再会――まぁ、私は昨日死ぬ前にも会ってるんだけど。アルノーは私に思い切り抱き着いて、ひたすらお礼を言った。

――ここまでは、今までも見た光景。問題は、今度こそ私が結婚に辿り着けるか。そこまでは気を抜けない。

アルノーの背中に腕を回し、感動のハグと見せかけておいて、私の表情は険しいものであっただろう。

パーティーから三日ほど経ち、私とノア様が結婚するという話が正式に発表された。そのニュースは国中を驚かせ、私は時の人となる。

私たちの結婚にひどく感動したのは、どうやら私の家族だけではないようで……国王様も、私が挨拶に伺った時に『ノアが専属侍女でない令嬢を自ら選んで結婚を決めた』とものすごく安堵していた。

事業に失敗したという背景はあるものの、肩書は伯爵の娘だ。意外にもその事実だけで、国王様はあっさりと結婚を受け入れてくれたのだ。私からすると、反対されなくてよかったが、あまりにもされなさすぎて拍子抜けした。

今や貴族の中では『どう考えても嫌われていたはずのエルザが、一夜にして王子をものにしたのはなぜか』という話題で持ち切りだ。これが在学中の出来事だったら、次々と質問攻めにあっていたことだろう。

そしてちょうど私とノア様の結婚が決まって二週間が経った頃、私はレーヴェ伯爵家から王宮へ移り住むこととなった。明日結婚の儀を行い、それからは王妃教育を受けながら王宮暮らしに慣れていく、という流れだ。

──これまでの人生で、いちばんスピーディーな結婚かも。

元々同級生だったということと、互いの目的がはっきりしていることから、私たちはゆっくり歩み寄るなどという無駄な時間はとらなかった。私もすぐにでも伯爵家を援助してほしかったし、ノア様はベティ以外の女性と結婚したという事実を作りたかったにすぎない。

……明日が結婚の儀ってことは、今日が結婚前夜にあたる。この日は、私にとってのXデーだ。

今日の夜、ノア様が私を殺しにこなければ……ループを回避できたってことでいいのよね？

今のところ、殺される理由はどこにもない。ただひとつ不安なのは、パーティー後からノア様と顔を合わせたのが一回だけということ。それこそ、国王様に私が挨拶をしに行った時。あれから一度も、私はノア様に会っていないのだ。

この期間に急に私への殺意が湧いたりしてないよね？

あの血に染まった光景を思い出すと、背筋にぞくりと悪寒が走る。だが、一応今日はノア様との時間が設けられている。これが結婚前夜、最後の接触の時間となるはずだ。行動や言動を間違えないようにしなければ。

「ようこそいらっしゃいました。エルザ様。どうぞ、お部屋へご案内いたします」

王宮へ着くと、たくさんの使用人がずらっと並んで私を出迎える。こんな豪勢な出迎えは初めてで目を丸くした。

勢いでノア様に求婚して、勢いで王妃になる道を選んだけれど——本当に大丈夫かしら？

急に一抹の不安が襲いかかる。

いいや、でも、家族に笑顔が戻らないことと……殺されるよりもつらいことなんてない。慣れない環境でも、私ならきっと心を強く持ってやっていけるはず！

気合を入れて、その場で小さくガッツポーズをして案内された部屋へと向かう。そこには、びっくりするほど広く豪勢な部屋が用意されていた。

それになぜか――私好みの色合いをしている。淡い白やすみれ色を基調とした家具や寝具に、私の必需品である抱き枕替わりになるような大きなぬいぐるみまで……！

なくても眠れるけれど、熟睡度が全然違うのよね。

伯爵家と孤児院ではうさぎのぬいぐるみだったが、ここではテディベアが用意されていた。偶然だとは思うが、すごくありがたい。この部屋の模様替えをした侍女とは絶対に仲良くなれる気がする。たぶん、いや絶対、私と好みが似ているはずだもの。

……そういえば、ノア様と幼い頃密会をしていた時、私がぬいぐるみを抱きしめて寝るって話をしたなぁ。もちろん、ノア様はそんなこと覚えていないだろうけど。

「ノア様は執務に追われてしばらく忙しいそうなので、顔を合わせるのは晩餐《ばんさん》の時間になるかと思います」

「わかったわ。ありがとう」

「しばらくは部屋でゆっくりお休みになってください。なにかありましたら、いつでもお申しつけくださいませ。それでは、失礼いたします」

頭を下げると、案内してくれた侍女は部屋から出て行った。

……ノア様と会うまでは、まだ少し時間がある。

本当はこの間に、ベティと接触できたらよかったが、きっとノア様と一緒に執務室にいるだろう。早めに私はあなたの味方だということを、ベティに伝えておきたいのに。

ノア様から話してくれているとは思うが、念のため自らの言葉でも伝えたいのだ。ベティと合意できれば、今後の王宮住まいもやりやすくなると思う。

そんなことを考えていると、急に私の部屋の扉が豪快に開かれた。普通ノックや呼びかけをすると思うが……いったい誰？

「失礼！　ご機嫌いかがかな、エルザ嬢」

「あ、あなたは……アルベルト様？」

にこにこしながら扉を閉め、平気で人様の部屋に上がり込んできたのは、王家に仕える宰相の息子——現在は王太子補佐をしているアルベルト様だった。

私の同級生でもあり、ノア様の親友だ。

アルベルト様は軽快な足取りでソファに座っている私のところまでやって来ると、またもや断りも入れずに隣に座って来た。

彼が近くに来た途端、ふわっと甘い香りが鼻をかすめる。バニラとラベンダーが混ざったような、甘さの中にほんのりとセクシーさを漂わせるような香りだ。

ノア様もいい香りがするけれど、ノア様はどちらかというと花の香りみたいな、優雅で高貴なイメージを連想させる爽やかな香りをしている。好みは人それぞれだと思うが、私はノア様の香りのほうが好きかもしれない。

「僕も王宮勤めだから、これから頻繁に顔を合わせると思ってさ。挨拶にきたんだ」

「そうだったのですね。まだ右も左もわからなくてご迷惑かけると思いますが、よろしくお願いします」

決して行儀のよい挨拶とはいえないが、彼のフレンドリーな性格と爽やかな笑顔がそんな細かいことを気にさせなくなる。単純にかっこいいから得をしている、ってのもあるだろう。

「いやぁ……それにしても驚いたよ。まさかノアが君と結婚するなんてね」

そりゃあそうだろう。アルベルト様は学園でもほとんどノア様と共に行動していた。私とノア様がほぼ関わりがなく、なんならノア様が私にだけ冷たかったのも目の当たりにしているはずだ。

アルベルト様がぐっと身を乗り出すと、深緑色の長い前髪が揺れ、その間から見えるグレーの瞳がじっと私を捉えた。そしてにやりと口角を上げて口を開く。

「〝君が相手だったら、ノアも罪悪感がないから選んだ〟ってのが僕や世間のほとんどが思う噂の真相だと思うけど、どう？」

「……！」

世間もみんな、私は侍女との禁断の愛を隠すためのダミー妻、とは薄々気づいているようだ。だが、決定的な証拠もないため誰も口にせずにいただけ。今回、初めてはっきりとアルベルト様に告げられて、私は少々驚いた——が。

「はい。そうだと思います」

アルベルト様の言っていることは実際にあたっていると思うので、私はけろっとした態度で返事をした。

少しでも情のある相手をお飾り妻にしてしまえば、優しいノア様は心のどこかでずっと罪悪感に苛まれるだろう。しかし、元々あまり好意のない私だったらそれがない。だからやりやすい。……うん。とても理にかなっている。

「さすがアルベルト様、頭がいいですねっ！」

正直、そこまで推理しきれていなかった。急に頭がすっきりとして、私は胸の上あたりで両手を合わせ、アルベルト様に笑いかける。しかし、アルベルト様はそんな私を見てぽかんとした表情を浮かべた。

「……あのさエルザ嬢」

「はい？　なんでしょう？」

「少しくらい、嫌だなって気持ちはないの？」

「いいえ。まったく。ノア様のおかげで、実家が助かったので」

「……ああ。なんかたいへんだったらしいね。君の実家」

私はもう、ノア様にやることはほとんどやってもらった。

嬉しそうな家族の顔を見て、私は既に幸せなのだ。あとは——今夜、私を殺さないでいてくれたら、もう言うことはひとつもない。

「私もノア様とベティーナ様が幸せになったらいいと思っています。それまでの期間限定の妻でも構わないです」

私が言うと、アルベルト様は俯《うつむ》いて肩を震わせる。そして、ぼそぼそとなにかを言い始めた。

「……嫌われているのをわかって……そいつの幸せのためにその役目を担うなんて……そんなの、普通できない……」

「あ、あの〜？　アルベルト様？」

様子のおかしいアルベルト様が心配になり、私は顔を覗き込む。

「エルザ嬢――いや、エルザちゃん！」

「はい！」

すると、突然がしっと両肩を掴《つか》まれ大きな声で名前を呼ばれ、思わず私も同じくらいの声量で返事をしてしまった。

「僕は感動したよ！　そしてエルザちゃん、君に尊敬の念すら抱いている！」

「え？　あ、ありがとうございます！　私もアルベルト様の推理力には感激していります！」

どこに感動を覚えたのかよくわからないが、アルベルト様が私を褒めてくれている。それだけはわかった。なんだか嬉しくなって、私まで言葉に熱が入ってくる。

「こんなこと今さら言うのは遅いかもしれないけど、これから仲良くしてくれるかな？」

アルベルト様は私の両手を握ると、子犬のような眼差しでそう言った。……可愛い。さすが、ノア様に続いて女子生徒から莫大な人気を得ていただけはある。チャラいというか、軽いイメージが強くて勝手に苦手意識を持っていたが、私の勘違いだったのかもしれない。

「もちろん！　アルベルト様がお友達だなんて、心強くて嬉しいですっ」

きっとノア様は執務以外ではベティと一緒にいるだろうから、こうして友達ができるのは素直に嬉しい。暇な時は、タイミングが合えばアルベルト様に構ってもらおうっと。

「……とっても可愛い笑顔だね。エルザちゃん。その顔を在学中に見ていたら、僕がエルザちゃんを口説いていたかも」

「えぇっ。そ、そんな冗談言って……」

「すぐ顔が赤くなるね。そういうピュアなところも僕の周りにはいなくて新鮮だ。ねぇエルザちゃん。寂しくなったらいつでも僕が相手するからね？」

アルベルト様は私の手を取ると、手の甲にちゅっと音を立ててキスをする。挨拶だとわかっていても、あまりこういった経験がないためくすぐったい気持ちになった。

「ありがとうございます。アルベルト様」

「とんでもない。僕の癒やしだからさ。それじゃあ、そろそろ仕事に戻るよ。また会おうね」

仕事の合間に私の部屋に寄ったのか、アルベルト様は時計を見ると慌てた様子で私の部屋から出て行った。

……チャラいっていうのは、やっぱり勘違いじゃあないかも。

部屋に残る甘い香りをすんっと吸いながら、私は改めてそう思い直した。


――数時間後。

そろそろ晩餐の時間かな……と思っていると、部屋の扉がノックされる。きっと、晩餐の知らせと食堂までの案内で来てくれたのだろう。

「どうぞー」

私が返事をすると、扉の向こうから現れたのはなんとベティだった。昔と変わらない艶のあるオレンジ色の髪を丁寧に結い上げて、紺色と黒と白を基調としたロング丈のメイド服に身を包んでいる。

「ベティ！」

驚いて、ごろんと寝ていたベッドから勢いよく立ち上がる。

……あ、思わず昔の呼び方で呼んじゃった。

ベティが私をどう思っているのかわからず、私は恐る恐るベティの表情を見ようとするが、俯いているため確認できない。

ベティは後ろ手に部屋の鍵を閉めると、そのまましばらく口をつぐんだ。……怒っているのだろうか。レーヴェ伯爵家の養子も、ノア様との結婚も、すべてを奪った女と思われても仕方がない。

「あ、あのねベティ……」

無言の圧を感じ、私は尻込みしつつもなんとかここで歩み寄りを試みる。ふたりきりになれる機会が、この先あるかわからないからだ。

「エルザ様――いや、エルザ」

ベティが顔を上げる瞬間が、やけにスローモーションに見えた。彼女に名前を呼ばれたのは、実に十年ぶりである。噛みしめるような声色に、私は罵声を受け止める覚悟を決めて反射的に全身に力が入った。

「ほんっっっとうにありがとう！　ノア様との結婚を決めてくれて！」

だが、ベティの満面の笑みを見て一気に力が抜けていく。ベティはぱあああっと赤い瞳を輝かせ、私の両手を握ると上下に激しくぶんぶんと振った。

「絶対に無理だと諦めていたの。だから、ふたりが結婚すると聞いて奇跡が起きたんだと思ったわ！　……これで私もやっと、苦しみから解放される……」

勢いよく腕を振り乱し終えると、ベティは感慨深そうに呟いた。目は若干涙目になっている。そんなベティを見て、私はどきりとした。

──ベティ、そんなにノア様を想っていたのね。憎いはずの私に泣いて感謝するほど、今までずっと王宮内でも肩身の狭い思いをしていたんだわ。

私はベティがノア様を想う気持ちを考えると、胸が締めつけられるようだった。握られたままの両手を引き寄せて、私はベティをこれでもかというほどぎゅうぎゅうと抱きしめる。

……ああ、ベティからはいつもお日様のにおいがする。昔から、ベティと一緒にいると気持ちが落ち着いた。私よりも三つほど年上のベティは、孤児院で私が唯一甘えられるお姉さんみたいな存在だったことを思い出す。

「ベティ……今まで本当にごめんなさい。私じゃなくて、ベティが引き取られていたらこんなことには……」

「なにを言っているのエルザ！　私はあなたに恨みなんてないわ。侍女の仕事にもずっと興味があったの。エルザが謝ることなんてひとつもない。むしろ、今は感謝の気持ちでいっぱいよ！」

なんて心が広いのだろう。私がベティと同じ状況に陥った時、同じ言葉を言えるだろうか。ベティの優しさに打たれ、私はじーんとしてしまう。

「……あ、ごめんなさい。あなたは王太子妃になるのだから、エルザなんて呼んだらいけないわね」

思い出したように、ベティは気まずそうに片手を口元にあてて言う。

「そんなの気にしないで。私、昔みたいにベティと仲良くしたいの。それに、私のことは王太子妃なんて思わなくていいのよ」

だって――本当の意味での王太子妃はベティなのだから。

「うーん。でも、ここで暮らす以上そういうわけにはいかないわ」

「それじゃあ人の目がない時は、昔みたいに接してくれる？」

「……わかった。それなら大丈夫ね」

ベティと視線を合わせて、どちらかともなくふふっと笑い合う。

――これからも堂々とはできないと思うけど、私を盾にノア様とふたりで真実の愛を育んでいってね。

ベティを見つめながら、私はそんなことを思った。今まで苦労したぶん、ベティには絶対に幸せになってほしい。

ノア様と結婚したいと思う令嬢は、きっと数えきれないほどいたはずだ。でも、ベティという存在がいることを受け入れてまで結婚する――いわゆる、進んでお飾り妻になると名乗り出る者は、なかなか現れなかったのだろう。

今まではベティと仲直りするなんてイベントは発生しなかったからわからないが、今世ではベティに恨まれずに済んだ。それが嬉しくて、ベティの腕に自分の腕を絡ませて、私は自分より少し背の高いベティを見上げる。

「私、ベティの役に立ててよかったわ！」

笑顔で告げる私に、ベティもまた柔らかな微笑みを返してくれた。

「こちらが食堂となります。既にノア様はご到着になっているようなので、あとはおふたりでごゆるりとお楽しみくださいませ」

ベティは私を食堂まで案内すると、ほかの人に気づかれないよう私にこっそりウインクを飛ばして深くお辞儀をする。

……安心してベティ！　さっと食事だけして、ベティと仲直りしたことを話したらすぐ部屋に帰るから！

ベティの後頭部に向けて心の中から語りかけると、私はノア様の待つ食堂へ続く扉を開けた。

ノア様は私の姿を見て身体をびくりと反応させると、いつものような冷静な顔でお茶を飲み始める。……驚かせたかな？

「お待たせしましたノア様。今日からその、改めてよろしくお願いしますね」

「……ああ」

あれ。なんだかパーティーの時よりそっけない気が。カップから立つ湯気ばかり見つめて、私のことを全然見てくれないし……。どうしよう。このままでは、今日の夜もノア様からの襲撃を受ける事態に発展するのでは⁉

「それにしても、久しぶりだな、エルザ」

「はい。お仕事は落ち着きましたか？」

「ああ。ついさっき終わらせた」

そんな直前まで仕事をしていたなんて、さぞかしたいへんだったろう。その忙しい時期に結婚の儀を一秒でも早く行おうとしたのには、やはりベティが関係しているのだろうか。パーティーで令嬢たちが、ノア様がそろそろ本気で結婚を考えなければベティは解雇されるみたいな話が出ていると言っていたものね。

「王宮へ着いてから、君は晩餐までなにをしていたんだ？」

「私は特に——あっ、そういえば、お部屋がとっても素敵でした！　意図的ではないとわかっておりますが、とっても私好みのお部屋で。それと、部屋に大きなテディベアのぬいぐるみがあったんです！　私、ぬいぐるみを抱き枕代わりにして寝るのが好きで……」

「……へぇ。そうなんだな」

興味なさそうにノア様は言うと、それ以上会話を広げようとしなかった。たぶん、私の話なんて興味がないのだろう。それに、もう十八歳というのに大きなぬいぐるみを抱いて眠るなんて――普通に引かれたかもしれない。

気まずい空気が流れる食堂に、次々と料理が運ばれてくる。見たことも聞いたこともない名前の料理をナイフとフォークを使って切り分けながら、私はアルベルト様が部屋に来たことを思い出し、ノア様に話すことにした。

「あと、アルベルト様が私の部屋に挨拶をしにきてくれました」

そう言うと、ノア様が切り分けた肉を口に運ぶ寸前でぴたりと手を止める。そこまで運んだのなら、いっそ食べてほしいのだが。

「アルベルト？　あいつとなにを？」

ノア様は完全にフォークとナイフを置き、腕を組んで私をじっと睨んでくる。こ、怖い。ここは刑務所かなにかかしら。目の前の食事が、結婚前夜というのも相まって急に最後の晩餐に見えてきた。

「これから王宮で顔を合わせるだろうから仲良くしましょうっていう、軽い挨拶ですよ」

「……まぁ、たしかにあいつは王宮に頻繁に出入りするからな。挨拶しただけっていうなら、別段おかしな話ではないか」

「あ！　でも、手の甲にキスをされた時は驚いちゃいました！　私、あんまり男性にそういったことをされた経験がないので。アルベルト様ってキザなんですね——」

カシャーン。

笑って話している途中で、ノア様のフォークが床へと落ちて音を立てる。ノア様の肘があたってしまったようだ。

すぐさま使用人がそれを拾い、新しいフォークを持ってくる。だけどもその間も、ノア様は稲妻に打たれたような顔をしたまま微動だにしない。

「アルベルトが、君に、キスを？」

ひとつひとつの単語を強調するようにして、ノア様は私に確認した。威圧感があって、空気はひどくピリついている。

「え、ええと、手の甲です！　軽く唇が触れただけです！」

「唇が……触れた……」

今度は生気を失われたように項垂《うなだ》れるノア様を見て、私は地雷を踏んだと気づいた。

ノア様とアルベルト様は親友だ。ノア様からすると、まず私がアルベルト様をキザだなんて笑ったことが許せなかったのかも。それに、建前では私はノア様の妻となるのだ。ほかの男性に、たとえ手の甲といってもキスされたなんて話をこんなに軽くへらへらと話すのは、どう考えても品位に欠ける行為だった。

ノア様がわなわなと震えるのもおかしくはない。私の馬鹿！　なんでよりによってこんな大事な日にミスを犯すのよ！

「ごめんなさいノア様、今後は気をつけます。きちんと、ノア様の妻としての自覚を持って行動いたします……！」

「……っ！　ああ。そうしてくれ。君は俺の妻になるのだから」

「はい。私はノア様の妻です。それを決して忘れないようにします。……今回の軽率な行動については、許していただけますか？」

眉を下げて肩をすくめ、じぃっとノア様を遠慮がちに見つめると、ノア様は「……仕方ないな」と言って許してくれた。でも、顔はすぐにふいっと逸らされてしまった。

「ほかに誰かと話してはいないか？」

食事を再開し、ノア様は疑り深く聞いてくる。

「ここに来るまでの道のりをベティが案内してくれましたので……彼女とは話す時間

がありました。あの、ノア様。ご存知かと思いますが、私とベティは昔からの知り合いなんです」

先に言っておこうと思い、ノア様に口を挟ませる前に事実を告げておく。

「もちろん知っている。君と同じ孤児院出身、だったな。大体、ベティーナを王宮侍女として引き取ったのは俺だ」

「えっ！　そうだったのですか⁉」

「あ、いや……話すつもりはなかったんだが、俺としたことが……」

うっかり口をついてしまったらしい。

……ん？　じゃあ、ノア様はどこかでベティを見かけて、ベティと一緒にいたくてわざわざ王宮侍女に指名したということ⁉

私はてっきり、ふたりは王宮で出逢い恋に落ちたのだとばかり思っていたが、それよりずっと前からなんだ。

それを聞いて、私はノア様の一途さに深く感動する。私を何度も殺した相手にこんな感情を抱くのはおかしな話かもしれないが、ノア様はそれだけ――。

「本当に好きなんですね」

ベティのことを。

ほかの人にも聞かれるから、敢えて名前は声に出さないが。

「………」

ノア様は俯いて、ほのかに頬を赤らめた。その照れ方が幼い頃と変わっておらず、私は右手を口元に添えてひそかにくすりと笑った。

ひと通り食事を終え、最後に何杯目かのお茶を飲む。これを飲み終えれば、晩餐タイムは終わりを告げるだろう。

思ったより、長い時間楽しんでしまった。なんだかベティに申し訳ない。

でも、このまま今日を終えれば殺される心配はなさそうに思える。どうかあと数分、平和に終わりますように。

すると、お茶を飲み終えたノア様がどこかそわそわとしていることに気づく。なにか言いたげな顔をして、ちらちらとこちらの様子を窺《うかが》っているのだ。

「ノア様、なにかありましたか？」

気になって、こちらから話しかけてみる。ノア様は神妙な面持ちをして静かに口を開いた。

「明日のことなんだが」

「明日？　結婚の儀ですか？」

ノア様のほうから〝明日〟というワードを出してくれたことに、私は内心テンションが上がっていた。明日の話をするということは、私にも明日が来ると言っているようなものだからだ。

「結婚の儀は予定通りに行うだろう。俺が言いたいのは、そのあとの話で……」

「そのあと？」

なにかあったっけ？

思い出せず、私は首を傾げる。

「結婚の儀を終えたら、明日は結婚初夜、ということになる。……君の部屋に行ってもいいのだろうか」

「……えっ」

結婚初夜って――つまり、夫婦になった日にそういうことをする日？

ノア様には別の意味で寝込みを襲われ続けてきたせいか、一瞬オープンに殺害予告をされたのかと思い、変な声が出てしまった。

「もちろん、なにかするわけじゃあない！　いや、君が望むなら全力で応じさせてもらうが……俺も急いではいない。君の気持ちを尊重したいと思っている」

これはつまり、『結婚初夜は形式上君の部屋に行かなくてはならないが、なにもすることはないから期待するなよ』ってのをオブラートに包んで言ってくれたと思っていいのかしら？

ノア様がそこまで私に気を遣う必要なんてないのに。それに、形式上でも私の部屋に来るなんて、ベティのメンタルを考えるとよくないと感じる。

「無理しないでください。私の部屋には来なくて構いませんから」

「……エルザ？」

「晩餐だって、明日からはベティとの時間にしてくださっていいのですよ。明日行く部屋も、私ではなくベティのところへ行ってください」

周りに使用人がいなくなったのをいいことに、今度はしっかりと名前を出して、私はノア様を安心させるように言った。

私はベティとの仲を邪魔する気は一切ない。そのため、私なんかのことで悩んだりしてほしくないのだ。私で悩むスペースがあるのなら、そこはベティを想う気持ちに使ってほしい。

「……エルザ、君に聞きたい」

「はい」

「なぜベティーナが出てくる？」

ノア様はわけがわからないといった表情を浮かべているが、そう言われて、私もまったく同じように眉をひそめた。

ノア様ったら、ずいぶんおかしな質問をしてくるわね。

「だって、ノア様はベティを愛しているのでしょう？　だから私のことは気にしないでください」

もしかして、はっきりこうやって言わせたかったとか？　ご安心を。私はすべてを理解した上で、あなたと結婚していますので。

「ふたりのこと、誰よりも応援していますからね！」

私はにっこり笑ってノア様に言うと、「だから、今世は殺さないでくださいね！」と心の中で叫んだ。

「……君は」

「……ノア様？」

ノア様はふらふらとした足取りで立ち上がると、聞いたこともないような低い声で呟く。

「君はなにを言っているんだ……」

「え」

そしてものすごく不機嫌な顔をして、だが足取りはふらついたまま、私を残して食堂から出て行った。

――私、またなにか失敗しちゃった？　せっかく仲良くなれそうだったのに！

最後の最後でノア様の眉間の皺《しわ》の本数を過去最高記録に伸ばしてしまった。追いかけて声をかけようと食堂から飛び出すも、既にノア様の姿はなくなっていた。

「ど、どうしよう……」

なにがノア様の癇に障ったのか、それすら理解できない。

それから私は部屋に戻り、ただひたすら、ノア様が今夜部屋に来ないことを祈った。

5　ここから始める

『私と結婚していただけませんか⁉』

翡翠色のまんまるな目に俺を映し、控えめで桜色の唇が俺にそう告げた。

――これは夢か？

瞬時に理解することができず、本気でそう思った。しかし、嬉しいことに現実だったらしい。

彼女――エルザからの求婚を断る理由など世界中のどこを探したって見当たらない。

俺はその場でエルザとの結婚を決め、話は着々と進んでいった。

あのエルザが俺の妻になる。

幼い頃、神と精霊の庭で暖かな春の柔らかな風と共に訪れた俺の初恋は……十年の時を超え、なんの前触れもなく叶えられた。

『なぁベティーナ、俺はエルザと結婚するんだよな？』

『はいそうです。ノア様はエルザ様と結婚いたします』

『……ベティーナ、俺はエルザと結婚を？』

『結婚いたします』

『ベティーナ』

『いい加減にしてもらえますか？』

エルザと結婚するという事実を確認するために、俺は百回以上、専属侍女のベティーナに確認をした。この時の俺は、かつてないほど舞い上がっていた。

俺が結婚どころか婚約者すら決めないことにずっと焦っていた父上は、エルザとの結婚話をあっさりと認めてくれた。正直、次の日にでも結婚の儀をしてしまいたかったが、さすがに準備期間がなさすぎると周囲にとめられてしまい、二週間後となった。それでも、かなり急いだほうだ。

エルザが王宮へ来るまでは、山積みになった執務をこなしながらエルザとの生活を妄想しては口元を緩ませる日々。

まさかこんな奇跡が起こるとは、在学中思ってもみなかった。いいや、奇跡とは呼びたくない。俺とエルザが結ばれることは運命――必然だったのだ。

俺は幼い頃エルザに衝撃的なひとめぼれをしてから、ずっと彼女を想い続けていた。本当に好きで好きでたまらなかった。会えないぶん、想いは膨らむばかりだった。

そして十六歳の頃、ローズリンド王立学園で彼女と再会した。

以前よりも大人っぽく、美しくなったエルザを見て、俺は二度目の恋に落ちる。だが、あまりにエルザを好きすぎるが故に、彼女にだけうまく接することができない。直視もできず、陰でひっそりとエルザを見つめるだけ。そんな俺の視線に気づかれた時は、すぐさま視線を逸らした。本当は、笑いかけたかったのに。

どうでもいい令嬢たちとの会話、それは俺にとって単純作業と同じもので、ただ彼女たちが話していることに笑顔で頷いていればいいだけだ。

だが、相手がエルザとなるとそうもいかない。エルザが近くにいるだけで心臓は破裂しそうなほど脈打ち、自分が自分でいられなくなる。

俺はエルザを意識するあまり、逆にエルザから距離を置くようになってしまった。なにをしているんだと自己嫌悪に陥りつつも、どうしてもうまく接することができない。ダサい俺をエルザに見られて嫌われることが怖かったのもあるが……なにより、一度勇気を出して声をかけた時、彼女に逃げられたことがいちばんの要因だった。

エルザは俺を覚えていないのか。そして、俺が積極的に距離を詰めることは、彼女にとって迷惑なのだと悟った。俺はいつも『完璧すぎる』と言われ、周囲からどこか距離をとられることがあった。興味本位で近づいてくる者は山ほどいるが、深いところまで詰めようとはしない。俺も基本的に、自ら誰かの領域に足を踏み入れようとはしなかった。だから、エルザが初めて、俺が距離を縮めようと動いた相手だった。

結局、なんの進展もないまま学園を卒業することになった俺は死ぬほど後悔した。これからは、毎日エルザと会うことはない。こうなったら、卒業後にあるパーティーでなんとかエルザと会話するしか手段はない。

そんな中、迎えたパーティー当日。

ドレスアップしたエルザを見るなり、早速俺はあまりの眩しさに目をやられてしまった。話しかけようとしても、緊張して声がうまく出てこない。見かねたベティーナに一度裏へ連れて行かれ、俺としたことが侍女に叱咤《しった》される始末だ。

なんとか鼓動を落ち着かせまた会場へ戻ると——なんということだろう。エルザのほうが、俺に声をかけてくれた。

嬉しくてにやけそうになるのを必死に抑え、俺はやっと、エルザとふたりで話ができた。そしてそこで、エルザは俺に突然求婚してきたのだ。

だが、俺は突然とは思わなかった。彼女もまた、俺をずっと想ってくれていたのではないか？ 俺を忘れてはいなかったのだ。

エルザとの間に、言葉も、不安もいらなかった。俺たちは強い想いで繋がっている。そんな俺たちなら、この先もっと幸せなことがたくさん待ち受けているに違いない。

——そう、思っていたのに。

「……なにが起きているんだ」

エルザとの晩餐後、俺は自室のベッドに座って頭を抱えた。俺の部屋で飼っている愛犬のリックが、嫌な空気を察してかそそくさと部屋の奥へ姿を消す。

そしてちょうど部屋の換気をしていたベティーナが、ぎょっとした顔で俺を見る。

「戻ってくるなり負のオーラ出さないでください。せっかく空気を新鮮なものに入れ替えましたのに」

ベティーナは腰に手を当てて上からガミガミと文句を言ってきた。相変わらず、母上よりもうるさい。

「放っておいてくれ」

「仕事でなければ放っておきますよ！　それに、こんな呆けている姿を見られたらエルザに嫌われちゃいますよ？　いいんですか？」

「……エルザ……」

名前を聞くとついさっきエルザに言われた言葉を思い出し、また全身の力が吸い取られるように抜けていく。

『だって、ノア様はベティを愛しているのでしょう？　だから私のことは気にしないでください。ふたりのこと、誰よりも応援していますからね！』

あんなに可愛い笑顔から、そんな言葉は聞きたくなかった。まずい……胃もキリキリしてきたぞ。この症状の原因が、食べたばかりの晩餐でないことはわかっている。

「？　どうしたんですか。まさか晩餐でも緊張して話せなかったんですか？」

「違う……おいベティーナ。お前、エルザになにか変なことは言ってないか？」

「変なこと？　……たとえば、どういうことでしょう？」

「たとえば……俺がお前を好きだとか、俺たちは愛し合っているとか」

言った途端、ベティーナは自分の身体を抱きしめるようにして震えながらあとずさった。俺自身も自分で言って、全身の毛がぞわぞわと逆立つのを感じている。

「なっ……！　やめてください！　そんなこと言うわけありません！」

「じゃあ、なぜエルザは俺がベティーナを好きだと思ってるんだ？」

「は……それ、エルザに言われたのですか」

「ああ。ついさっき、満面の笑みでお前との仲を応援された」

ベティーナの顔がさーっと青ざめていく。人の顔がこんなにも曇る瞬間を、俺は初めて目撃した。

「どうしてそうなるんですか！　ノア様なんて、気持ち悪いほどエルザに一途な男なのに！」

「おい、不敬罪で訴えるぞ」

「……あっ。そういえば」

俺の忠告も無視して、ベティーナはなにか思い出したようにはっとした顔をする。

「ノア様、貴族たちのあいだで変な噂が流れていることは知っていますか？」

「噂？」

「はい。私たちが恋仲にあるというものです。理由は、私とノア様があまりにも一緒に行動し、ふたりでこそこそしているからだとか」

俺とベティーナが一緒にいたのは、エルザに関する話……いわゆる、俺のエルザに対する気持ちを知っていたからだ。俺はエルザに関する話……いわゆる、恋愛の話はすべてベティーナに相談していた。彼女はひどく鬱陶しがっていたが、これも専属侍女の仕事だと言い毎日のように俺の話に付き合わせていた。

ちなみに親友のアルベルトにさえ自分のエルザへの想いを教えなかったのは、あいつに言うとすぐに噂となり周囲に広まると思ったから。アルベルトは仕事になると口が堅いが、こういった浮いた話になるといきなり軽くなる。

「こそこそしていたのは、ノア様の異常な恋心を周囲に気づかれないようにしただけですのに。まさか怪しまれる要因になるなんて」

「うるさい。誰が異常だ。純粋な恋……いや、愛だ」

俺が言いなおすと、ベティーナはあからさまに嫌そうな顔を表に出す。王族にたいしてこんな態度をとるのは、もはや彼女くらいなものだろう。

それでも、正直になんでも言いなんでも顔に出る彼女のほうが、腹の内になにかを隠していそうなほかの使用人たちより、よほど信頼できるのも事実だった。

「それにしても、俺たちが恋愛関係にあるって噂が、そんなに周囲から信憑性のあるものと思われていたのか……それでエルザも勘違いを」

「ノア様と噂が立つなんて迷惑です！　やめてください！」

「俺だって迷惑だ！」

思わず立ち上がり、俺はベティーナと睨み合う。しかし、俺たちが喧嘩したところで事態はなにも変わらない。無駄な体力を浪費するだけだ。

「……それじゃあ、エルザはなぜ俺に求婚を？」

てっきり、エルザも俺に気持ちがあるのかと思っていた。さらに言うと――幼い日、俺がエルザへ贈った言葉を、覚えてくれていたのだとも。家族の援助以外なにも求めないと言われたが、それは謙虚な彼女の精一杯の強がりだと思っていたのだが……。

まさか、本当にそれ以外なにも求めていなかったのか？

だとすれば、最悪、エルザは昔俺に会っていたことすら覚えていない可能性もある。

すべて俺の勝手な思い違いだったとしたら……考えるだけで、胸が張り裂けそうだ。

あまりにつらい。もう執務も放棄して、しばらく旅に出たいほどに。

「もしかすると、お飾り妻になるつもりなのでは？」

「お飾り妻……」

そういえば、エルザ自身があのパーティーの夜、そんなことも言っていた。『私はお飾りで構わない』と。俺とベティーナが主人と使用人の身だから結婚できないことを見越して、エルザが表向きに妻になると言い出したのか？

「エルザは優しいから、私を助けようと思ってくれたのかしら……」

申し訳なさそうにベティーナが呟く。

心優しいエルザならやりかねない。だが、それらはすべて勘違いなのだ。俺はベティーナと結婚する気などまったくないのだから。

「ノア、入ってもいい？」

すると、扉の向こうからアルベルトの声が聞こえた。

こいつはきっと、俺の許可を待たずに遠慮なく扉を開けてくるだろう。しかし、俺は今無性にアルベルトに腹が立っている。

「今日の資料、全部チェック終わったから報告――って、ごめん。ふたりの時間をお邪魔しちゃった？」

予想通り、アルベルトはへらへらと笑いながらお構いなく部屋へ突入してきた。

「ていうかふたり、向き合ってなにしてるの？」

「なにって……」

傍から見ると、正面で向かい合って無言でいるだなんておかしな光景だろう。俺もなにをしているのかと問われると自分でもわからずに口ごもる。

「……！　ああ、ごめん。野暮な質問しちゃって。男女が無言で向き合ってすることといえばひとつだよね。やっぱり邪魔したみたいだから出ていくよ。お幸せに！」

「おい待てアルベルト。お前も勘違いか？」

「え？　どういうこと？」

逃げるように部屋から出て行こうとするアルベルトを追いかけ首根っこを掴み、中へ引きずり込む。

「エルザちゃんがお飾りとして妻になってくれたから、ふたりは今最高にハッピーなんだよね？　もう隠さないでいいよ」

「……はぁ。やっぱり、お前も勘違いしていたのか」

きょとんとするアルベルトに、俺とベティーナはやるせないため息をついた。こんなに身近な人にまで勘違いされているなんて、もはや噂を知らなかったのは俺たちくらいなものだろう。

「あ！　そうそう。ついでにノアに相談があるんだけどさ」

アルベルトは思い出したように言うと、にっこりとむかつくほど爽やかな笑顔を浮かべ、とんでもないことを口にする。

「僕、エルザちゃん狙ってもいい？」

「……は？」

静かに、だけどたしかに、ぶちりと頭の血管の切れる音がした。

「今日さ、仕事の合間に挨拶に行ったら、思ったよりずっといい子で気にいっちゃった。家族のために頑張ってて、けなげで守りたくなるっていうか。どうせお飾り妻なんだから、僕が手を出しても問題ないよね？」

アルベルト。こいつは昔から女たらしでチャラくてどうしようもなかったが、そこ以外は有能だった。女性関係に関しても、俺に迷惑がかからなければ好きにさせていた。

「……おい。お前はいちばん手を出したらいけない女性の名前を口にしたな」

「えっ？　な、なんだよノア。どうした？」

ただならぬ雰囲気を察したのか、アルベルトから余裕が消える。

俺は右手に込めた魔力で衝撃波を発動させると、アルベルトの顔の横スレスレを通り過ぎるようにして、見事に壁に穴を開けた。

「……っ！」

アルベルトは驚きで目を見開き、その場にへたりと座り込む。

「エルザに手を出したら、今度はお前があの壁になるかもな」

俺は屈んでアルベルトを睨みつけ、静かな口調で忠告した。

「お、落ち着けノア。王家に伝わる貴重な魔力を親友に放つなんてどうかしてるぞ」

「ちょっとノア様！　周りに気づかれたら面倒なので、さっさと壁を戻してください！」

アルベルトは両手を前に出し、俺を宥《なだ》めてくる。そして後ろからは、ベティーナの面倒くさそうな声が聞こえた。

破片がすべて残っていれば壁は綺麗に元に戻せるため、俺は自分で壊したばかりの壁をとりあえず先に魔法で修復する。

……勢い余ってやってしまった。

でも、アルベルトにはこれくらいの懲らしめが必要だった。なぜならこいつの罪は、もうひとつある。

「アルベルト、お前、エルザの手にキスをしたらしいな？」

「えっ！　な、なんて恐ろしいことを……」

アルベルトより先に、ベティーナが俺の言葉に反応する。ベティーナはそのままアルベルトに小走りで近寄って「ご愁傷様です」と手を合わせた。

「したけど……あんなの、ちょっとした挨拶だろ？」

「いいや。れっきとした俺に対する宣戦布告。罪状では不敬罪に値する。ちなみに本来死刑だがとりあえず今回だけ見逃してやる。感謝しろ」

親友でなければ、こんな甘い処罰にはならなかったかもしれない。

吐き捨てるように言うと、アルベルトの困惑したハの字の眉が次第に吊り上がってくる。こいつ、まだ俺に反抗する気か。

「あのさノア。さっきから意味がわからないよ。君はエルザちゃんを嫌っていた――までは いかなくとも、あまり好いていなかったよね？　それなのにどうして急にそんなに怒るんだ。まさか、妻になったから独占欲が湧いたのか？」

アルベルトは肩をすくめて呆れたように言う。

「なにを言っている。俺がエルザを嫌いだって？」

理解できず、今度は俺が困惑してしまった。同時に、あの夜エルザにも同じことを言われたことを思い出す。

「え、違うの？　だってノア、在学中あきらかにエルザちゃんだけを避けていたじゃないか。ほかの令嬢には微笑むのにエルザちゃんの姿を見ると急に顔つきが険しくなったり、エルザちゃんを見つけると逃げるように去って行ったり……ほら、エルザちゃんがほかの男子生徒と話していた時なんかは、うるさいぞってものすごく怒ってたこともあったろう」

アルベルトは思い当たる節を丁寧にひとつずつ指折りながら述べる。

「僕は近くでそんなノアを見ながら、ノアはこの子が好きではないんだろうなぁって思ってたよ。ていうか、みんなわかってたと思う」

――俺がエルザを嫌いだと、みんなわかっていた？

エルザにもパーティーで『嫌われていると思っていた』と言われた。その時は、ただエルザは心配性で、俺の気持ちをきちんと確認したいがためにそのような不安をぶつけてきたのだと思っていた。在学中まったく会話もまともにできなかったから、そんな不安を抱くのも仕方がないと。俺も納得してその場できちんと訂正した。

俺の声かけから逃亡したのにも、深い理由があったのかもなんて思い直したり……。

だが、ほかのやつらにまでそう思われていたなんて……それでは話が違ってくる。

まったく逆の意味で周知されていたことを知り、俺は胸を衝かれ言葉を失った。親友のアルベルトがそう捉えるということは、俺の態度はよっぽどだったのか。しかし、それらすべて無意識にとった行動であり、俺にはエルザを睨んだつもりも、逃げたつもりもない。だが、エルザにも『ノア様に嫌われている』と思わせるほど、俺の態度はひどいものだったのか。

「……いいですかアルベルト様、これから私がノア様自身もわかっていない不可解な行動をひとつずつ繙《ひもと》いてさしあげます」

茫然自失している俺を横目に、ベティーナが未だ床に尻をつけたままのアルベルトの身体をそっと支えて立ち上がらせながらそう言った。

「まず、エルザ様を避けていたのはエルザ様を想うあまり、どういう顔で接したらいいかわからず無意識に取っていた行動です。逃げたのも同じ理由からでしょう。エルザ様を見ると表情が険しくなるのは、愛しい彼女を見て緩んでしまう顔を見られたくなかったから。あと、わざとかっこいい表情を作ったあまり険しくなりすぎていた可能性もありえます。最後に男子生徒との件についてはただの嫉妬ですね。うるさいというのは男子生徒に対しての発言と、自分以外の男性と話している時に感じた自分の胸のざわめきに対してでは――」

「もうやめろベティーナ」

俺はベティーナの話を聞いて、前髪をくしゃりとかき上げながらもうやめてくれと俯いた。長年俺の相談相手役を担ってくれただけはあるが、ここまで詳細を話されると他人に自分の心の中を覗かれているようでぞっとする。

「だが、そこまでわかっているなら俺に言ってくれればよかったんじゃないか？　このままでは、まるで嫌っているように見えると」

「私のせいにしないでください。私は学園にいるノア様のおそばに常にいたわけではないのですから！　大体、今アルベルト様に聞いて初めて知ったことだらけです！ノア様がうまくいかなかった理由が、ようやくはっきりと理解できました！」

俺とベティーナがバチバチと火花を散らし合っていると、アルベルトが間に割り込んでくる。

「ストーップ！　先に僕に質問させて。……ノア、ベティちゃんの見解は合っているのか？　本当に、君はエルザちゃんのことを？」

未だ半信半疑な眼差しで、アルベルトは俺をじっと見つめた。

ベティーナ以外、誰にも打ち明けることができずにいた秘めた想いを改めて確認されるのは照れくさくもあった。

「……ああ。俺は……エルザが好きだ」

返事をすると、アルベルトは目を丸くして、両手で頭を押さえると絶望したような表情を浮かべる。

「……嘘だろ。嘘だと言ってくれ」

震える声で言うアルベルトを見て、まさか本気でエルザに惚れたのかと思い始めたその瞬間。

「どうしてこんな恋愛下手なやつが、僕より女性人気があるんだよ！　納得いかない！」

悲壮感漂う雰囲気から一変し、今度は大きな声で怒りを露《あら》わにしている。

「所詮顔か⁉　身長か⁉　王子様万歳ってか⁉　僕だってノアさえ隣にいなければ、相当いい男なのに……」

青筋を浮き立たせ、アルベルトは苦々しい表情のままぶつぶつとなにかを言っている。

「……女性人気？　なんのことだ？」

「そのままだよ！　ローズリンド王立学園のモテ男ランキングでいえば、万年君が一位で僕が二位。そりゃあ王家の血を引き見た目も成績もなにもかも完璧な君には敵《かな》わないと思っていたけど……今の話を聞いたら納得がいかない！　僕のほうがよっぽど、女性の喜ばせ方を知っている！」

「？　どうでもいい。俺はエルザだけ喜んでくれればいいし、ほかの令嬢からの好意はいらない」

「じゃあどうしてエルザちゃんには冷たくて、ほかの令嬢に普通にできるんだよ！」

連続したツッコミに、アルベルトの呼吸がゼェゼェと乱れ始めた。

「冷たくしていたつもりはない。ただ、エルザを見ると緊張して顔が強張る。それに、俺が話しかけることで迷惑をかけたくないとか、いろいろなことを考えてしまうんだ」

「……はぁ。だとしても、あれは好きな子に対する態度じゃあないよ。僕は君が恋をするとここまでダメなやつになるとは知らなかった。ノアはあまりに奥手すぎる」

怒りが落ち着いたのか、アルベルトはソファにずるりと倒れ込んで大きなため息をついた。同感だというように、ベティーナが何度も深く頷いている。……なんだか腹が立つふたりだ。

「エルザちゃんは完全に誤解してるよ。君がベティちゃんと一緒にいるために、建前上だけで自分と結婚したって。ま、エルザちゃんもエルザちゃんで、家族のために結婚したみたいだけど」

「家族？　エルザがそう言っていたのか？」

お飾り妻でもいいから俺の妻になりたいと思ってくれたのでは……なんて淡い期待は、アルベルトの一言で瞬時に消え去った。たしかに家の援助は頼まれたが、それは夫として当然の役目。

エルザが俺を頼りにしてくれたことが嬉しくて、まさかそっちが本来の目的だとは微塵も思っていなかった。

「まぁ、はっきりとは言ってないけど、考えたらわかるだろう。エルザちゃんは完全に契約結婚だと思ってるのは間違いないね。どうするの？」

「ノア様、私たちの関係も誤解されているようですし、こちらも早めに手を打ったほうがよいかと」

ベティーナも、俺に誤解を解くよう助言する。そんなこと、言われなくてもわかっている。

「いっそこの二週間の話を直接してあげたらいかがです？　エルザの好みを両親から聞き出しノア様直々に家具を揃え、抱き枕のテディベアは凄腕の職人に特注で作らせたこともすべて！」

「……おいノア、最近やけに忙《せわ》しなくしてると思ったら執務の合間にそんなことをしていたの？」

アルベルトが白い目で俺を見る。執務を放棄したわけではないのだから、その合間になにをしたって俺の勝手だろう。彼女がぬいぐるみを抱き枕替わりにしていることは、幼い頃に聞いており覚えていた。

抱き心地をいちばんに考えて作らせたテディベアが出来上がった時は、エルザがこれを抱きしめて寝ることを想像するだけで幸福感で満たされた。もっと言えば、俺がこのテディベアになりたいとすら思ったのはベティーナにも内緒にしている。本来ならエルザ好みにうさぎで制作したかったのだが、型がないため間に合わないと言われて泣く泣く断念した。

「エルザに喜んでもらえるなら、俺はなんでもする」

そう言うと、ベティーナとアルベルトが目を見合わせて呆れた表情を浮かべる。

「それをそのまま、エルザちゃんに素直に伝えたらどう？」

そして、アルベルトが頬杖をつきながら俺に言った。

――正直、晩餐から驚きの連続ではあったが、この場で真実を知ることができて助かった。言ってみれば、すべての原因は俺がこれまで素直に自分の好意を表に出せなかったことにある。

言葉も不安もいらないなんてのは、俺の思い違いだった。強い想いがあるならば、それをきちんと、まずは言葉や行動で伝えるべきだったんだ。

かっこ悪い姿を見せたくないと思うあまり、結果、いちばんかっこ悪くなってしまった。

……だが、このままでは絶対に終わらせない。

「わかった。明日、きちんとエルザに俺の気持ちを伝える」

結婚してから愛をイチから育むなんて、おかしいかもしれないが。

それでも俺は、結婚《ここ》から始めたい。新しい俺とエルザの関係を。……ふたりが別々にではなく、共に幸せになる未来のために。

もう、奥手だとか恋愛下手だとか、そんなことは誰にも言わせない。エルザが笑ってくれるなら、俺はこの瞬間から自分を変えられる。

二度とこんなすれ違いを起こさないためにも、俺はエルザを一瞬でも不安にさせせないと誓う。

そして俺がこんなにエルザを想っていることを……この十年分の想いも込めて、一生涯かけて、彼女に伝えていこう。だからエルザ——俺の気持ちを受け止める覚悟をしておいてくれ。ここからは、溢れ出る愛を伝えることを躊躇《ちゅうちょ》などしないから。

6　予測不可能の溺愛

食堂から部屋へ戻り、入浴や着替えを済ませると、私は部屋の中をひとりで歩き回った。

窓から見える夜空は、前回の結婚前夜とは違い、無数の星が浮かんでいる。まるで星たちが、明日の結婚を祝福してくれているかのようだ。

星を見上げて足を止め、しばらく時間が経つとまたうろうろと同じところを周り続ける。そんな私の行動は、傍から見れば奇妙といえるだろう。だが、じっとしていられる心の余裕がない。

そう——今日は結婚前夜。

私が生きるか死ぬかは、毎回この日にかかっている。これまでノア様以外の男性との結婚を控えた夜は、記憶がある限りすべてノア様に殺されてきた。気づけば剣の切っ先が身体に刺さり、不思議と痛みは感じずに、それでも温かな血が身体の周りに広がっていく気持ちの悪い感覚を、私は忘れることはない。

「四回目では侍女に一緒に寝てもらって——五回目は部屋にいなかったけど見つかっ

たのよね……」

　誰かと寝ようが、起きて動き回ろうが、ノア様は私を決して逃がしてはくれなかった。それならいっそ、初心に戻って部屋でおとなしく眠っていよう。そう思ったのが、つい最近のループでのこと。

「でも……結局ダメだったのよね」

　あの手この手でノア様から逃げようとしても、すべて無駄だったということは、このループはギリギリで回避できるものではないのだろう。きっと結婚前夜までなにかノア様を止めるための条件があって、それを満たさなければ、どんな場合でもノア様はやって来るのではないか。私はやっと、そういった答えに辿り着く。

「その条件っていうのがわからないから、厄介なんだけど」

　ところどころひとりごとを呟いて、私は肩を落とす。

　しかし、今回は今までとはまったく違う方向を進んでここまできた。ノア様に恨まれないよう行動したし、ノア様とベティのことを想ってノア様と結婚するなんて大胆な行動に出た。……自分が生きられるようにって気持ちも、当然そこにあるけれど。

「だから、今回は大丈夫！　だと思う。うん」

　鏡を覗き込み、そこに映る自分に向かって話しかける。言葉ではそう言いながらも、表情はどこか不安げだった。でも、ここまで来たら信じるしかない。

気がかりがあるとしたら——食堂で、最後にノア様を怒らせてしまったことかしら。

失望したようなあの表情が、まだしっかりと脳裏に刻まれている。

いい感じだったのにあんな場面でヘマをするなんて、なんてまぬけなのか。だが、反省したとて時は戻らない。いや、実際に時が戻る体験はしているのだが、私が言いたいのは好きな時に好きな場面に戻ることは不可能ということだ。

あれこれ考えているうちに、あっという間に時間が過ぎていく。自分を殺してきた相手と同じ屋根の下でこの日を迎えるなんて自殺行為のようなものだが、そんな状況下でも人の身体というのは素直なもので、自然と瞼《まぶた》が重くなってきた。

……最初の頃は目がさえて眠気もこなかったのに。慣れって怖いなぁ。

今回もダメだったら、また対策を練らなくてはならない。どんな結末を迎えても、私のできることはこれからもやりつくそう。

しばらくベッドの上に座っていた私だったが、気づけば身体は自然と横になり、視界は真っ暗に染まっていた。

……どうかノア様が来ませんように。夜の真っ暗闇みたいな目をした、悲しい顔のノア様を、今回は見ずに終われますように。そして——。

「結婚、できますように……」

無事に結婚式を挙げて、その先にある家族の笑顔を、これからそばで見守っていられますように。

寝言のように呟くと、私の意識はそこで途切れた。


目が覚める。

身体のどこも痛くない。外からは鳥の可愛らしい鳴き声が聞こえ、空は快晴。なんとも気持ちよく、清々しい朝だ。

「はぁ～……これで八回目……ん？」

何度も見た朝の光景――と思っていると、私は違和感に気がつく。いつもループ後に見る天井と、今自分の目に映る天井が違ったのだ。

「……えっ⁉　私……ループしてない⁉」

全身を自分の手でべたべたと触って、生きていることを確認する。そういえば、昨夜ノア様に襲われた記憶がない。いつも殺される時の記憶があるのに。

「……私、生きてるんだ」

達成感と感動に包まれながら、上半身を起こし両掌をじっと見つめる。

もう同じ朝食を食べて、同じ会話をして、パーティーで婚活する必要もない。私はループ地獄から抜け出したのだから。

「やったわーっ！」

思い切り万歳をして歓喜の声をあげる。

「エルザ様、お目覚めでしょうか――し、失礼しました！」

……同時に侍女が私の部屋を訪ねてきて、変な目で見られてしまった。私は改めて侍女を部屋に招き入れ、身支度の準備を手伝ってもらう。

「本日は午後から結婚の儀がありますので、朝食後はエルザ様をわたくしどもで完璧にドレスアップさせていただきます」

髪を梳かしながら侍女が言う。ついに結婚が目前に迫っていることを実感し、私はひとり喜びを噛みしめる。

初めてのメニューの朝食を食べ、初めての会話をし、私は結婚の儀の準備をすることとなった。ノア様とは、結婚の儀で今日初めて顔を合わせることになりそうだ。初めての連続で、胸がドキドキわくわくと弾んでいる。

止まっていたはずの私の人生の時計の針が、やっと新たな時を刻み出したのだ。不安よりも、今日この日を迎えられた喜びのほうが何倍も大きい。三度目の正直ならぬ、八度目の正直というやつだろうか。

でも、どうしてループを抜け出せたのかしら？

朝食後、侍女数名に全身を隅々まで洗われながら、私は目を閉じて考える。

やっぱり、ノア様との結婚がキーになっていたりする？　今回私がとった行動の中にループを抜け出す条件があったとしたら、それしか思いつかない。

ノア様とベティを見捨てずに、ふたりが一緒にいられる未来になるよう仕向けた。

それが、私が死なないでいられた大きな要因……ってところか。

「とっても美しいです！　エルザ様！」

うーんと頭を捻っているうちに、あっという間に準備は終わっていた。

「えっ！　もう終わったの!?」

本来、こういった大きなイベントの準備中に考え事をしている人はほぼいないだろう。せっかく綺麗に着飾らせてもらったのだから、もっとその過程を楽しめばよかったと今さら後悔する。

「はい。なにか気になるところはございますか？」

姿見に映る私は、まるでいつもの私とは別人のようだった。

ドレスは以前、王家が用意してくれたものをいくつか試着して決めた。その中でいちばん気に入ったのが、この純白のウエディングドレス。すっきりした形のAラインドレスは、胸元に花模様の刺繍《ししゅう》があしらわれて上品な印象を与えてくれる。肩や鎖骨ががっつりと出るのは恥ずかしいが、変に隠すよりもこっちのほうが全体的にバランスがよく、勇気を出して挑戦してみた。

髪型も後れ毛を少し出して、あとは綺麗にアップヘアにまとめてくれている。ふわふわと巻かれた髪にはダイヤモンドが使われたティアラが添えられて、一気に華やかさが増している。身に着けているものすべてが、私にはもったいないと感じるほどの仕上がりに、思わずため息が漏れた。

「……素敵。こんなに綺麗にしてくれて、本当にありがとう」

ぺこりと頭を下げて、準備をしてくれた侍女たちにお礼を言うと、みんなもとても嬉しそうに笑ってくれた。

思えば、これまで何度も結婚の儀の準備をした。毎回違うドレスを着たせいか、いろいろな形や色のウエディングドレスを試してきたが――今回が、自分的にいちばん気に入っている。というのも、ずっと相手の好みに合わせて選んできたので、あきらかに似合っていないものもあったからだ。というか、ほぼそうだった。高価なドレスを自分で準備できないので、選べるような立場にないのは重々承知だが、私の好みを少しも理解してくれていないのだと少し悲しくなったこともある。

でも、今回は私の好みをよくわかってくれている。それだけでも嬉しい。もしかして、ベティが選んでくれたのかしら。

「あの、このドレスや装飾品は誰が選んでくれたか知ってる？」

私はそれとなく侍女に聞いてみた。

「ノア様がすべておひとりで選んだと聞いております」

「えっ？　ノア様が？」

「はい。自ら仕立て屋に出向いたようですよ」

「そ、そうなんだ……」

意外な返答に、私は少々驚いてしまった。

ひとりでと言いつつ、ベティに付き添いを頼んで助言してもらったのではないかという考えが脳裏に浮かぶ。

それだと合致がいくわ。きっとそうね。

私はひとりで納得し、結婚の儀が行われる王宮内にある礼拝堂へと足を運ぶ。ここは王族の結婚式が代々執り行われてきた場所らしい。まさかこんな場所に自分が足を踏み入れることになるとは思わなかった。しかも観客でなく、メインとなる立ち位置で。

礼拝堂の扉が開かれ、私は付き人に促されるまま一歩ずつ足を進める。国民を交えての結婚パーティーは後日行われるようで、今日は関係者のみが礼拝堂に集まっている。上流階級の人々の視線が矢のように刺さり、緊張でドレスの下の足が震えた。慣れないハイヒールで姿勢よく歩くのはなかなか難しいが、ノア様の相手に恥じないよう、見せかけでもきちんと格式ある令嬢として振る舞わなければ。

そう意識しすぎたせいか、勝手に顔が強張ってしまう。向かい側で既に待機しているノア様の姿もぼんやりとしか見えない。

すると、ふと視界に家族の姿が目に入る。三人とも穏やかな笑顔で私を見つめていて、憔悴しきっていたアルノーも、以前のような柔らかな優しい顔つきに戻っていた。

……よかった。

それを見ると、自然と私の顔が綻《ほころ》ぶ。これからは、もう絶対に苦労させない。私が立派なレディになって、お世話になったレーヴェ家に恩返ししてみせる。この結婚は、そのための大きな一歩だ。

ちょうど緊張もいい具合に解《ほぐ》れたところで、私は指定の場所まで到着する。

ふう、と一呼吸置いて顔を上げると、ノア様とばっちり目が合った。

「……っ！」

やっとしっかりノア様の姿を見ることができ、私は思わず息を呑む。理由は単純——あまりにノア様が眩しすぎたからだ。

金髪に映える深い赤色のローブを纏い、袖口や裾には金色の刺繍が施されている。腰元の帯には見るからに高級な宝石が編み込まれ、だけどもその高貴な輝きすら、ノア様という人物の装飾品となっていた。それくらい、顔が美しすぎる。

ノア様がかっこいいなんて昔から知っていたが、かっこいい人がいつもより着飾れば、容易《たやす》くどんな人でもときめかせるほどの威力を持つことを思い知る。

いけない。ノア様はベティの恋人なのに！　私なんかがときめいてごめんなさい！

しかし、見れば見るほど見惚《みと》れてしまう美しさだ。私、顔が赤くなったりしていないかしら？

これ以上見つめると顔に出てしまいそうだと思ったが、こんな場面でノア様から目を逸らすほうが無礼だろう。一度逸らした視線を再度ノア様へ向けると、なぜかノア様の顔が微かに赤く染まっていた。……なんで？

「エルザ」

「は、はいっ！」

大事な場面でノア様に名前を呼ばれ、声が裏返ってしまい恥ずかしさで死にたくなる。

「……綺麗だ」

ノア様は私を見て、ふっと小さく微笑んだ。まさか褒め言葉をいただけるとは思わず、頭が身にまとっているドレスのように真っ白になる。

「俺が必ず、君を世界中の誰よりも幸せにする。……だから、一生俺のそばにいてくれ」

「っ⁉」

柔らかく微笑んだまま、慈しむような眼差しでそう言われ、私の心臓が大きく脈打った。

いけない。私ったらなにをドキドキしているの！　これは全部ベティと一緒にいるために言っているだけ……勘違いしてはいけないわ。

「……あ、ありがとうございます」

私はなんとか言葉を紡いでお礼を言うと、あまりの恥ずかしさに視線を落としてしまった。

そこからは聖職者が聖書を読み上げたり、愛の誓いを立てた私たちふたりに加護を願う祝福の祈りを捧げてくれたり——たいした時間もかからず、結婚の儀は終了した。

ぞろぞろと礼拝堂から人々が出ていき、私はそんな人たちの背中を見送りつつ、この瞬間を乗り越えたことにほっと胸を撫でおろす。

結婚の儀を無事に終わらせた達成感も相まって、私の胸の中でこれまでのあらゆる思い出がぶわっと溢れかえった。

……長かった。ようやく結婚できた！

エルザ・レーヴェの人生の第二章がやっと始まりを告げる。ドレスを着たまま思い切り走り出したい衝動に駆られるも、なんとか我慢した。

そして礼拝堂に残るのは、私とノア様だけとなる。

もう私も帰っていいのだろうか。それとも、ここでノア様とまだなにかすることがあったっけ……？

とりあえず、ノア様に合わせればいいだろうと思っていると、急にノア様が私のほうに身体を向けたため、私もそれに合わせてノア様と向かい合う。

「エルザ、改めて伝えたいことがある。聞いてくれるだろうか」

「……？　はい！　もちろん！」

さっきよりも、ノア様の表情が真剣だ。

……たぶん、ベティの話よね。結婚はしたが、君はただのお飾り妻ですよと、ノア様は改めて私に認識させようとしているのだ。ついでにさっきの言葉も本気にするなと言われるだろう。

「俺は……」

ノア様が、意を決したように口を開く。私はにこにこと笑って、ノア様の様子を見守っていた。

「俺は君を、本気で愛している。昔からずっと……俺が愛しているのはエルザ、君だけだ」

「はい。わかりました。了解です——って、えぇえ⁉」

予測していた通りの言葉がきたと思い、用意したままの返事をしている最中に、ノア様がおかしなことを言っていることに気づいた。

「……ノ、ノア様が私を？」

「ああ。君が大きな勘違いをしていることに昨日気づいて、今日ここで、俺の気持ちを伝えると決めていた」

「ま、待ってください。落ち着いてノア様」

「落ち着くのは君のほうだろう」

　これはなにかのドッキリなのか。あまりに信じられない事態に、私はひどく混乱する。昔からって……いつから？　もしかしてノア様、神の庭でのことを覚えてくれている……？

「俺は君をお飾り妻なんかにするつもりはない。正式な妻として君を迎え入れ、君を幸せにするためにこれからも精進する」

　まだ頭の整理ができていない私をよそに、ノア様は思いの丈をぶつけてくる。そしてそっと私の腰を引き寄せると、そのまま私を腕の中に閉じ込めた。ノア様の胸に顔を埋めながら、私はようやくノア様に抱きしめられていることに気づく。

「エルザ。もっと俺を知ってくれ。そして、もっと俺を求めてほしい。……自ら求めたくなるくらい、俺に夢中になって、俺に溺れてほしい」

「……ノ、ノア様」

　抱きしめられる腕に力がこもる。神聖な場所で情熱的な言葉と共に抱擁をされ、なんだかいけないことをしているような背徳感に襲われた。私は名前を呼びかけることで精一杯だ。

「必ず俺を好きにさせる。そのためにも……」

　切なげに投げかけられる言葉すべてがくすぐったくて、私の心臓に直接響くように鼓動がドクドクと早まるのがわかる。

「これから俺は、ひたすらに君を愛し続けるよ」

耳元にノア様の低い艶のある声が響く。あまりに甘い言葉を並べられて、頭がくらくらとしてきた。油断していると、このまま全身の力が抜けてしまいそうだ。

ノア様は私の身体を離すと、しかし距離を離すことは許さないというように、右手は私の背中に添えたまま、じっと私を見つめる。

「エルザ、君への生涯の愛を、ここで誓う」

そう言うと、額に控えめなキスが降ってきた。

「……君はもう、俺のものだから」

キスをされて呆然とする私を見て、ノア様は嬉しそうに笑って、再度私への愛を誓ったのだった。

結婚の儀のあと、私たちは一緒に礼拝堂を出て、その際ノア様は私にこう耳打ちをした。

「今夜は、君の部屋に行ってもいいか？」

カッと顔が熱くなる。

結婚したふたりは初夜を共に過ごすことが世間では一般的で、その一般は王族にも当たり前に適用されるようだ。どこにも例外はないらしい。ということで、私は逃げ場を失ってしまった。

ローズリンドでは、婚前交渉はあまりいいものとされていない。

そのため初夜を迎える際、ほとんどの夫婦が初めて……男女の営みってものをすることが多いと聞くが、私にはまだ心の準備ができていなかった。

これまでは結婚前夜ともなるとある程度覚悟ができていたものの、今回は違う。なぜなら、ノア様が私に手を出してくるなんてほんの少しも考えていなかったからだ。

だから晩餐の時、私はあんなことを言った。ベティの部屋に行ってくださいと。その矛先が急に自分へ向けられて、戸惑うのは仕方がない。

――しかも、あんなこと言われたあとなんだから絶対に無理！

「えっと、その、あの……」

夫となった相手、しかも将来、国のトップに立つノア様からの頼みを断るなどできない。そんなことをしたらこの場で離縁される可能性がある。なんなら、夜にノア様が私を襲いにくるかも。そしてループが続くなんてことになったら最悪だ――ん？

でも、ノア様が私を殺していたのは、私がベティとの恋路を邪魔した存在だからで……そもそも私を愛していたなら、今度はそこの辻褄が合わなくなる。いやでも、さっきの愛の言葉が本心なわけないわよね。

どんな形であってもノア様が夜に私の部屋へ来るというだけで恐怖を感じるのは、ノア様に殺されてきたからだろう。結婚前夜に同じことを言われていたら、さすがの私も眠れなかったと思う。

「……ごめんなさいノア様！　私、まだ心の準備が……どうせなら、準備万端の時にぜひ、来てほしいと思って……！」

準備万端ってなんだろうと言いながら思った。色っぽいナイトウェアを着て、ベッドの上でノア様を挑発するように眺める自分を想像してみる。ありえない。そんなことされたら興ざめだろう。いや、むしろ興ざめしてもらうべき……？

「……ふっ。わかった。意地悪を言ってすまない」

ひとりで真剣に悩んでいると、ノア様が小さく笑う。まるで私の答えをわかっていたかのようだ。

「君のためなら待てる。でも、俺にも限界があるっていうのは覚えておいてくれ」

「……もし限界がきたら？」

「そうだな。エルザの準備を待たずに、君の部屋に夜這いに行くとしよう」

ノア様はアクアマリンの瞳を細めて妖しげににやりと口角を上げた。その表情は男の色気がダダ漏れしており、普通だったら一発で落ちてしまいそうになるが、私は背筋が凍る思いだった。

——夜這いって、笑えないから！

私の中ではノア様の夜這い＝殺されるになっている。堂々と殺人宣言をされては、いくら顔がよくたって恋人のようなムードにはならない。

「……される前に、私から行きます」

「なっ……ずいぶん積極的なんだな。エルザ」

「はい。やられる前にやる精神でいこうかと」

そう言うと、ノア様が隣で盛大に咳き込んだ。

「大丈夫ですかノア様！」

私は必死にノア様の背中を擦る。ノア様の咳き込みをきっかけに、初夜の話には終止符が打たれた。

その夜、ノア様が私の部屋を訪ねることはなかった。

ループから抜け出した私には、当たり前に明日が待っていた。だが、今でもこれは夢なのではないかと思う。

その原因は、昨日のノア様の言葉だ。

『俺は君を、本気で愛している。昔からずっと……俺が愛しているのはエルザ、君だけだ』

目覚めて最初に思い出すのが愛の告白だなんて、私もどうかしている。それくらい、ノア様からの告白は私に強烈な印象を与えた。

「……あんなの、冗談よね」

いくら印象に残ろうとも、到底すぐにありのままその告白を飲み込むことはできない。万が一事実だったとて、さらに疑問を持つばかりだ。

――私のことが好きだったなら、どうして何度も私を殺していたんだろう。

ノア様は私を憎んでいたから殺していた。その考えが間違っていたとするなら、よけいに殺される意味がわからない。理由もなく殺人などしないはずだ。それに、あきらかに私のことを好きな人の態度ではなかった。

「今世のノア様は私を好き、とか？　それとも結婚したことで気持ちが盛り上がっちゃったり……？」

昨日から悩んでばかりだ。せっかくループから抜け出したのに、悩みの種は増え続ける。

まぁ……あんまり本気にしないでおこう。ノア様が私をからかっているだけかもしれない。私がノア様に惚れるかどうか、アルベルト様と賭けて遊んでいるっていうのも考えられるわ。男の人って、賭け事が好きな人が多いイメージがあるもの。

自分の中で勝手に種をひとつずつ処理していると、扉がノックされ、静かに開かれる。昨日と同じ侍女が朝の準備をしにきたのだろうか。

「おはようございます……エルザ！」

「ベティ！」

現れたのはベティだった。

ベティは扉を閉めると、朝からテンション高めにまだベッドにいる私に抱き着いてくる。

「どうしたのベティ。ノア様のところへ行かなくていいの？」

ベティはノア様の専属侍女だ。だから、朝に私のところへ来てくれるとは思っていなかった。

「いいの！　私、ノア様に専属を解雇されたから！」

「か、解雇⁉」

「そうよ！　ああ、なんて最高の朝！」

解雇されたというのに、なぜかベティの表情は生き生きとしている。鼻歌まで歌い始めるステップを踏む彼女に、私は無意識に奇異の眼差しを送ってしまった。

「ねぇ、それって私のせい⁉　私と結婚したから、ベティが解雇されたのだとしたら……」

ベティと裏腹に、私はとても動揺した。私としては、まだノア様とベティが恋人同士という線を諦めきれていない。そのため昨日は周囲の人すべてを欺くためにノア様が私に一芝居打ったという線も――。

「エルザとの結婚がきっかけっていうのは正解だけど、エルザがしているであろう予想は全部違うと思うわ！　だって見てよ。私のこのテンション！」

悲しくて壊れているだけっていう感じにも……たしかに見えない。

「私ね、やっとノア様から解放されて嬉しくてたまらないの！」

「……嬉しい？　解放？」

ベティは大きく、何度も頷く。

「だって、ノア様ってすっごく面倒くさい主人だったから！　一緒にいたせいで変な噂を立てられるし、本当にいい迷惑よ。ま、向こうもそこは同意見だと思うけど」

「待って。ベティってノア様に好意があるんじゃあ……」

「ないわ！　というか、それこそが変な噂ってやつよ！　あのねエルザ、私とノア様は世間で言われているような関係ではないのよ」

私の追っていた線が、綺麗に行く道を断たれる。ベティは〝ノア様は侍女と禁断の恋に落ちている〟という噂を真っ向から否定してきたのだ。

「で、でも、よくふたりきりで過ごしていたって聞いたけど……」

「それが私にとっての苦行のひとつだったの。詳しく言ったらノア様に怒られるから言わないでおくけど……やましいことをしていたわけではないわ。ただ、ノア様の恋愛相談に乗っていただけ」

「恋愛相談……？　ノア様がベティに？」

そんな姿、ちっとも想像つかない。どちらかといえば、ノア様は恋愛話になんて興味なさそうだ。そういった話に花を咲かせている男女を一歩下がった場所で、呆れた顔で見守るタイプ……。

もしかして、世間も私同様のイメージを持っているからこそ、隠れてベティに恋愛相談するしかなかったってことなのか。だとしたら、ちょっと可愛いなんて思ってしまう。

「ひとまず私が言えるのは……ノア様は、エルザにずーっと一途だったってことくらいかしら」

「！　そんなのありえないわ。たしかに昨日、ノア様に好きだとは言われたけど……」

「言われたの⁉　ちゃんと言えたのね！　ああもう、もっと早く伝えておけばよかったのに！」

告白を受けた話をすると、ベティが興奮気味に食いついてきた。

「で、でも、私は信じられないの。ノア様、在学中私にだけものすごく冷たかったんだもの。それなのにいきなり好きって言われても……」

行動と言動が合っていなさすぎて、すんなりと受け入れられるものではない。そんな私の様子を見て、ベティは「……そうよね」と目線を斜め下に落として項垂れる。今日初めて、ベティのテンションが下がるところを見た。

「エルザがそう思うのは当然のこと。でもね、これだけはわかって。……ノア様って、完璧な人に見えるでしょう？　なんだか近寄りがたいくらいに」

「ええ」

成績も常にトップで、ほかの人が持たない魔力も持ち合わせている。おまけに背も高くスタイルもよく顔もいい。非の打ちどころがないとはこのことを言うのだと、ノア様を見て知ったほどだ。

「だけど本当はそうじゃない。完璧な人なんて、この世にはいないのよ。ノア様にも唯一の欠点があった。それは……恋愛になるとあまりに奥手すぎること」

右手でベティが額を押さえ、がっくりと肩を落として言った。

「ノア様が恋愛下手……？　またまたぁ。ノア様に優しくされたら、どんな女性もコロッと好きになっちゃうに決まって――」

「その優しくするっていうのができない人だったの！　しかも好きな人にだけ！　理由は好きな人を前にすると緊張して話せなくなるから！」

まくしたてるようにベティが言う。あまりの勢いに圧倒され、私は言いかけた言葉を途中で止める。

「……これでわかったでしょう？　ノア様はエルザに冷たくしたんじゃあない。あなたを好きだからこそ、特別だからこそ、今まで接し方がわからなかった。それだけよ」

肩で呼吸をしながら、ベティは私を諭すようにそう言った。

――私を好きだから、接し方がわからなかった？

それで、ずっと避けるような態度を取られていたってこと？　私も私で嫌われているなら極力関わらないようにしようって思って、ノア様と距離を置いていた。

「それに……これを私が言ったのは内緒にしてほしいのだけど」

ベティが気まずそうに、ぽつりと話し出す。

「本来なら、エルザは卒業できなかったの。なぜかというと……二年生に進級する際、学費の支払いが追いつかなかったから」

「……えっ？」

ローズリンド王立学園は、進級時に一年分の学費を払うか、入学時に二年分の学費を払うかを選択できる。お金に余裕のある貴族はもちろん後者を選ぶが、余裕のない貴族は前者を選択し、進級できず泣く泣く学園を去る者は珍しいがゼロではないと聞いた。

そして、まさか自分がそんな窮地に立たされていたなんて知らなかった。私が学園に通えていたのは、お父様が二年分の学費を払ってくれていたからだとばかり思っていたのだ。

「じゃあ、どうして私は進級できたの……？」

「裏でノア様が手を回していたからよ。匿名で、レーヴェ伯爵家に学費援助をしたの。もちろん、エルザには言わない約束でね」

「……ノア様が？」

「学園運営には王家が関わっているから、このままではエルザが退学になるってことにいち早く気づけたのよ。ノア様はエルザを退学させないために動いたの」

知らなかった。

あの時点で伯爵家が私の学費も払えないほどたいへんだったことも、援助を受けて通えていたことも。そして、その援助者がノア様だったことも。

「レーヴェ伯爵の事業がうまくいっていない噂はちらほらあったけど、多額の詐欺に遭っていたことは、世間もノア様も知らなかったみたいだから……それからさらに家が傾いていたなんて、ノア様も思わなかったんでしょうね」

だからパーティーの時、私が伯爵家の話をしたら驚いていたのか。たしかに、伯爵家が危機にあることを公にはしていなかった。社交界に出なくなったせいで、噂は立っていたけれど。

「……私が無事に卒業できたのは、ノア様のおかげだったのね」

知らないところで、私は彼に助けられていた。

ローズリンド王立学園の卒業証書を持っているというだけで、世間からの見る目は変わる。就職も有利になるし、貴族の娘としての格も上がって、婚活も有利なものとなる。もし私が進級できず退学になっていれば——伯爵家を立て直すことは、今より困難だったろう。

「あとねエルザ。私、あなたのおかげでこんな素晴らしい場所で働けているのよ」

「ベティが？」

「孤児院上がりの私が王宮侍女として働けるのは、エルザがいたから。私、昔から人のお世話をすることが好きだったから、侍女になれてよかったって心から思ってる。だからあなたに、私に対して後ろめたいって気持ちを持ってほしくない。これをちゃんと伝えたかったの」

眉を下げて、困ったようにベティは笑った。

彼女には、私がベティに対して申し訳ないって感情を抱いていることが伝わっていたようだ。ここでベティの本音を聞けて、私の胸につっかえていたもやもやが、やっと晴れていくように感じる。

「……わかった。ありがとう、ベティ」

「お礼を言うのは私のほうって言っているでしょう」

私より少し背の高いベティに、人差し指でおでこをつんっとされる。孤児院でもよくベティにこうされていたことを思い出し、自然と笑顔がこぼれた。

「遅れたけど、結婚おめでとうエルザ」

「……ありがとう」

昔と変わらぬふわりとした笑みを浮かべるベティの祝福の言葉に、邪念はひとつも感じられない。彼女は心から、私の結婚を祝ってくれている。そう思ったと同時に、こんなに綺麗なベティより私を好きだなんて、やっぱりありえないとも思った。

「これからはノア様に頑張ってもらわないとね。世間にはびこる〝王子と侍女の禁断の愛〟なんて鳥肌ものの噂を、一刻も早くなくしてもらうために！　エルザも協力してもらうわよ！」

相当噂が嫌なのか、ベティの目は本気だった。

王都中に広まった噂を覆す方法など、私の頭では到底思いつかないが……ベティがそれを本気で望んでいるのなら、できることはしてあげようかな。

午後になり、私はひとりでノア様のいる執務室へと向かった。目的は――学費のお礼を言いに行くためだ。

ベティには内緒にしてと言われたが、私からするとそうもいかない。ノア様の行動には私も伯爵家もすごく助けられた。それを知らないふりをしたままそばにいるなんて、私にはできそうもない。もちろん、あとでノア様がベティを責めないよう説得もするつもりだ。

「あっ……ノア様！」

執務室へ向かう途中で、廊下を歩いているノア様を見つけた。右手にはたくさんの書類を持っている。これからあれを全部処理するのだろうか。

「エルザ！」

ノア様は私の声に反応してこちらを見る。その瞬間、凛々しかった表情が柔らかくなったように見えた。

「どうしたんだ？」

「あの、ノア様に話したいことがあって……でも、忙しいですよね？」

「いいや、まったく忙しくは……」

言いながら、ノア様の視線が徐々に手元の書類へと流れていく。嘘をつける仕事量ではないらしい。

「ごめんなさい。出直します」

「待てエルザ。すぐに仕事を終わらせるから、俺の部屋で待っててくれないか？」

「ノア様の部屋でですか？」

「ああ。ここからすぐ近くなんだ。適当にくつろいでくれていい。……あと、君は動物は好きだろうか？」

「！　はい！　好きです」

脈絡のない質問ではあるが、食いつくように返事をする。

動物は好きだ。特に、大きくて、毛並みのいい動物が。ふわっふわでもっふもふの毛なんて、一日中撫でていたいくらい。

「俺の部屋に大型犬のペットがいる。退屈しているだろうから、相手をしてくれたら嬉しい」

「えっ！　いいんですか⁉　喜んで！」

「ありがとう。助かる。それじゃあまたあとで」

ノア様がペットを飼っているなんて！　しかも私の大好きな大型犬！

期待を胸に膨らませ、私はひとまずノア様の部屋へと向かった。場所はノア様に聞いたのと、本当に近くだったため迷うことなく辿り着くことができた。

金色の重いドアハンドルを押し中へ入ろうとすると……なにやら話し声が聞こえて手を止める。

「なんでなんだ！　どうしてうまくいかない！」

……ノア様はいないはずなのに、誰か中にいる？

まさか誰にも言っていない愛人とか？　私は中途半端な体勢のまま動けなくなるが、その間も声は聞こえ続けた。

「なんでノアとエルザが結婚したのに、私は解放されないんだあああ！」

耳がビリっとするほどの嘆きに、思わず空いた左手で左耳を塞ぐ。声と口調的に……男性？　でも、アルベルト様ではなさそうね。……不審者の可能性もある⁉

そうだとしたら大問題だ。私はこっそりと中を覗き込むと、普通の屋敷でいう広間くらいのスペースがあるだだっ広い部屋の中で、衝撃の光景を目にしてしまう。

「だ、誰もいない……」

声の主と思わしき人物が、どこにも見当たらなかったのだ。

ようやく部屋の中に両足を踏み入れた私は、うろうろと部屋中を歩き回って声の主を探した。だけども、やはり人の気配すら感じない。

「……私の勘違いだったのかしら」

勘違いにしては、あまりに野太くはっきりとした声だった。

とりあえず、ソファの上に置かれた真っ白の巨大クッションの上に腰掛ける。するとその瞬間、下からまた声が聞こえた。

「ぐぇっ」

今度は嘆きではなく、小さな呻き声だ。

驚いて立ち上がり、辺りをきょろきょろと見渡すと、巨大クッションが唐突に姿を変えて恨めしそうに私を見つめた。

「痛いぞ！」

「……ワ、ワンちゃん⁉」

私がお尻に敷いてしまったのは、なんとノア様のペットと思わしき大型犬。ついでに……声の主だったのだ。

「ど、どうしてワンちゃんが喋っているの⁉」

「次から気をつけてくれ。エルザ」

「ななな、名前まで⁉」

喋る大型犬。それだけでも驚きなのに、なぜか私を知っているかのような口ぶりに二段階で驚く。すると、どっしりと構えた態度だったワンちゃんが急にしまった！というような顔を見せた。

「や、やってしまった。つい興奮してそのまま話してしまった……そうだ！　今からでも遅くはない。クッションに扮して……」

「全部聞こえているわ。あと、もう遅いと思うけど……」

「……はぁ」

どうやら、私の前で話したことはワンちゃんにとって誤算だったようだ。やんわりと無茶な作戦に助言すると、ワンちゃんは観念したようにため息をついた。

「バレてしまったなら仕方ない。私はリックという名で、この王宮でノアのペットとして飼われている大型犬。しかし、実態は——精獣なのだ」

「精獣って……人々に加護をもたらす、神の使いっていう」

「そうだ。精霊の仲間と思ってくれればいい」

精霊の仲間なんて簡単に言っているけれど、この世界で精霊や精獣っていうのは崇めるべき対象だ。ワンちゃんなんて呼んで大丈夫だったろうか……。言葉を話せるのも、精獣と聞いて納得がいく。

「……すごい！　精獣を見るのなんて初めてだわ！」

私は身体を屈ませて、ソファに座るリックと目線を合わせた。

見た目はたしかに大型犬と言われるとそう見える。しかし、金色の凛々《りり》しい瞳や長いふさふさの毛並みは、リックが高貴な存在であることを現していた。私はすぐにでもリックの真っ白い毛に触れたかったが、精獣に粗相はできないと思いなんとか堪える。……うぅ。めちゃくちゃ撫でくり回したい……！

「あれ？　でも、精獣とか精霊って、普通は神の庭で生活しているんじゃあないの？」

ふと疑問に思い、リックに問いかける。

「普通はそうだ。普通はな」

やけに〝普通〟の部分を強調している。つまり、リックは普通でないということか。

「というか、精獣をペット扱いするノア様も普通じゃないような……」

「勘違いするな。ノアやほかのやつらもみんな、私を精獣だと思っていない。私はわけあって、ペットのふりをしてここにいる」

「そ、そうなんだ……なんだか、たいへんそうね」

ノア様はリックを大型犬だと認識しているってことよね……リックの言う〝わけ〟がすっごく気になるけれど、リックが喋ろうとしないので、私も追及するのはやめておいた。とにかく、いろいろと言えない事情があるのだろう。私がループしていることを誰にも言えなかったのと同じような類の事情が。

「じゃあいつも、こうやって誰もいない時にひとりでストレス発散してるの？　さっき、いろいろ嘆いていたから」

「ストレス発散……というわけではないが。そもそも、私の声は普通の人間には聞こえないんだ。今も、相手がエルザでなければただの獣の鳴き声と同等に聞こえているだろう」

「えっ！ 私、普通じゃないってこと!?」

ループなんて超現象を八度も経験している時点で、普通ではない自覚がある。だけども、それがリックの声が聞こえる理由に直結しているとは考えにくい。

「精霊や精獣の声を聞くことができるのは――神の庭に入ったことのある者のみ。エルザ、身に覚えはあるな？」

リックはすべてを見透かすようなリックの眼差しに、私はごくりと喉を鳴らした。

私が幼少期、神の庭に通っていたことをきっと知っている。

「ええ。もう何年も前だけど……」

「それが私の声が聞こえる理由だ。ついでに、私がお前の名前を知っている理由にも繋がる。当時はまだ、私は神の庭で暮らしていたからな」

へぇ～と相槌を打ちながら、私はリックの話を真面目に聞いていた。それからどういう経緯でノア様のペットになったんだろう。やっぱり気になる……。

「ん？　それならノア様や国王にもリックの声は聞こえるってこと？　神の庭の管理をしているのは王家でしょう？」

「さっきから質問ばかりだな。まぁ、仕方ないが。その通り。あいつらには私の声が聞こえてしまう。だからこれもわけあって、ノアや国王の前では人間言葉で話さないようにしているんだ。あいつらは私をペットだと思い込んでいるからな」

「ふぅん……ねぇリック。なにか悪だくみをしているわけじゃあないわよね？」

なぜそうまでしてノア様のそばにいるのかが気になって、半分冗談、半分本気で聞いてみる。

「なっ……！　するものか！　私は加護を与えるべき人間に危害を加えることなどない！　それを言うならむしろ――」

リックは狼狽《うろた》えたような反応をし、大きく口を開いて鋭い牙を見せつけてきた。しかし、途中ではっとした顔をして口を閉ざす。

「い、いや。まぁいい。とにかく、そういうことだ。ほかのやつらには私のことは内緒にしてくれ」

ごにょごにょとバツの悪そうな態度で話すリックを見て、私はどこか怪しさを感じた。リックったら、いったいなにを隠しているのかしら。

「わかったわ。その代わり、私のお願いを聞いてくれる？」

両手を合わせてお願いすると、リックが眉をひそめる。

「取引を持ちかけてくるとは……度胸のある女だな」

「えへへ。これでも人生経験が豊富なもので」

「まだ十八年しか生きていないくせによく言うものだ」

「その十八歳を何度も経験しているの」

「……何度もだと？」

リックの表情がさらに険しくなる。意味がわからないと思っているのだろう。そんなことより――。

「私にリックのこのもふもふを堪能させてほしいの！」

リックにとっては予想外の願いだったのか、拍子抜けした顔を見せた。

「もふもふ？」

「そう。その全身に纏うもふもふの白い毛を撫でさせて！」

「な、撫でるのか？　私の身体を……」

私の言葉に、リックはあまり気乗りしていないようだ。

動物……特にもふもふした動物は、みんな撫でられるのが好きだと思っていたので、その反応は私にとっても意外なものだった。

「あ！　その前に、私の質問に答えろ。エルザ」

取引にさらに取引を上乗せしてくるとは。別に、なんでも答えるけれど。

「お前、ノアと結婚したんだよな？」

「ええ。昨日結婚の儀を済ませたわ」

「結婚という一大イベントを終えた今、幸せではないのか？」

「……え？　普通に幸せではあるけど……」

私の返答を聞いて、リックはひとりで「じゃあなんでだ……」と悩んでいる。

「答えたから、そろそろ撫でさせてもらうわね。リック」

ずっとお預けされて、私も我慢の限界がきていた。

どこかしゅんとした様子のリックに手を伸ばすと、まずは慰めるように優しく、ゆっくりと撫でる。そうすることで、私も毛の感触を堪能できるのだ。

「す、すごい……なんて素晴らしい触り心地なの……！」

部屋に用意されたテディベアも、ぬいぐるみの中では最上級といっていい手触りだったが、リックの毛はそれを軽く凌駕していく。

動かすたびに、私の手が喜んでいるのがわかる。とてもふわふわで、雲に直接触れるとこんな感じなのかな、なんて考えてしまった。

背中を優しく撫でると、今度は頭に移動する。リックの様子を窺いながら、速度を変えてみたり、力の入れ具合を変えてみたりと、いろいろな撫で方を試してみた。思いっきりわしゃわしゃしたい気持ちもあるが、そんなことをしてこの至福のひと時を終了されたら困る。

「おお……いいぞエルザ。私は身体に触れられるのが苦手だったが、お前の手はとても温かく心地がいい」

「本当？　よかった。もっとしていい？」

「ああ、頼む」

気持ちよさそうにリックの目がとろんとして、今にも瞳を閉じそうになっている。

さっきまでの高貴な雰囲気を全開にしていたリックのこんな姿が見られて、私はひそかににやにやしていた。

「ここもすごく気持ちいいわよ」

私はリックを仰向けに寝かせると、お腹を両手で撫でた。

「なんと、初めての感覚……！　エルザ、お前の撫で方は天才の技だ！」

大袈裟だと笑いそうになるが、リックは至って真面目に言っているのだろう。こんなに素晴らしいもふもふの持ち主なのに、これまでお腹を撫でられたことがないなんて信じられない。まったく、ノア様はなにをしているのかしら。

またリックが撫でてもらいたくなるように、今の内にやみつきにさせておかなきゃ……！　ああでも、その前に一度このもふもふ全体を堪能するために抱きしめたい。

「リック、ねぇ、抱きしめてもいい？」

私が聞くと、リックの耳がぴくりと反応する。

「そ、それは……ノアに悪い……」

「どうして？　リックが相手なら大丈夫よ。それに、この部屋には私たちしかいないんだから」

なぜかノア様の存在を気にするリックを、私は説得する。

「……わかった」

リックはノア様がいないことを改めて確認すると、おずおずと私のほうを見た。それを抱きしめてもいい合図と受け取った私は、大きな身体をしたリックを思い切り抱きしめる。もちろん、苦しくない程度に。

顔に、胸に、お腹に、太ももに、リックのもふもふの感触がする。もふもふに全身を包まれている錯覚に陥って、喜びの吐息が漏れる。

それに、リックの身体はいい香りがする。森の香りのような、自然いっぱいの香り。その香りに誘われるように、思わずさらに深く顔を埋めてしまいそうになったその時。

「……エルザ、なにしてるんだ？」

頭上から、聞きなれた声がして振り返る。すると、そこには仕事を終えたであろうノア様が立っていた。

「ノア様、お疲れ様です！」

「あ、ああ。待たせてすまない。それより、こんな短時間でリックを飼いならすなんてすごいな」

驚いた顔で、ノア様は私たちを見つめている。

「リック、とーってもいい子ですね。もふもふ具合も最高ですっ」

「……俺が撫でようとするとものすごく警戒するのに、エルザには許すのか。リック」

「……！」

嫉妬したような眼差しを向けて、ノア様は呟いた。

ノア様、リックを撫でたことなかったんだ！　それなのに私が簡単に撫でちゃったから拗《す》ねているのね……。

すると、リックが急に私の腕から抜け出して、そのままダッシュで部屋を出て行った。

「あ、リック……！」

手を伸ばすものの、既にリックの姿はない。凄まじいスピードだ。

「心配ない。あいつは時折、ああやって城の中を自由に散歩しているんだ」

「そうなのですね」

どちらかというと、逃げているようにも見えたけど……。

「さてと。それで、話っていうのは？　気になって、急いで仕事を終わらせてきたんだ」

私はノア様に促され、ソファに隣同士で座る。広いソファなのに、ノア様がやたらと近いような。

少し話しづらさを感じつつも、ノア様が私との会話を待ち望むようにしているため、今朝ベティから聞いた学費の件を話すことにした。

「ノア様が、私の二年分の学費を払ってくださったと聞きました。そのお礼を言いたくて」

「……誰に聞いたんだ？」

「ええっと……風の噂と言いますか……」

「……ベティーナだな。あいつ、内緒にしろと言ったのに。本当に主人の言うことを聞かない侍女だな」

ノア様は呆れた物言いで、頭の後ろで両手を組むと、ソファの背もたれにもたれかかる。まずいと思った私は、すかさずベティのフォローに入った。

「違うんですノア様。ベティは私に、ノア様の想いを伝えてくれただけで……ベティにも口止めされていたのに、私が勝手にノア様に話したんです。つまり、私も同罪です。どうかベティを罰さないでください！」

せっかくまた仲良くなって、これから一緒に楽しく過ごせる日が待っているのだ。なんとしてでも、ベティが罰を受けることだけは避けないと。

「落ち着いてくれエルザ。わかっている。あいつなりに、俺のフォローをしたつもりなんだろう。罰するつもりなどない」

「……よかった」

ノア様に宥められ、私は安堵する。そんな私を見て、ノア様は私の隣でくすりと笑いをこぼした。

「慌てる君の顔、可愛かった」

背もたれから背を離し、今度は前のめり気味に頬杖をつきながら、私の顔を覗き込んでそう言った。ノア様の瞳からは、たのしげな様子が伝わってくる。でも僅かに照れくささも残っていそうな笑みを見て、私は学生時代とのギャップにドキッとしてしまう。

いけない。お礼を言わないと。

「ノア様、ありがとうございます。私を学園に通わせてくれて。心から感謝しております。でも、なぜ教えてくださらなかったのですか？　両親にも匿名で援助をしたようですし……」

「突然王家から援助を受ければ、ひどく驚かせてしまうだろう。それに、援助をもらって通っているという事実をエルザに知らせたくなかった。そうすれば、君は俺に無意識に気を遣い続ける。なにも考えず、自然体で学園に通って、俺に接してほしかった。つまり……ただの俺のわがままってことだ」

「そんな！　わがままだなんてとんでもないです！　……全部、ノア様なりに私や伯爵家のことを考えてのことだったんですね」

理由を聞けてよかった。ひとりでじーんと、ノア様の優しさを噛みしめる。でも、ノア様は私がいくら感謝を伝えても浮かない顔をしていた。

「……いいや、でも、俺はもっと君を、レーヴェ伯爵家を気にかけるべきだったな」

「？　じゅうぶん、気にかけてくださったと思いますが」

「そんなことはない。俺は学費を援助する際に、俺が向かわせた使者にレーヴェ伯爵が伝えた言葉を鵜呑みにしてしまった。〝学費さえ払えれば、ほかはなにも問題ない。経営難だった領地も順調に回復している〟という言葉を。君の父親は、何度使者を送っても大丈夫としか言わなかった。周囲にも、没落の危機にあることをずっと黙っていたらしい」

──お父様、そんなふうに伝えていたのね。優しいお父様らしいわ。

たぶん、伯爵家がたいへんだと世間に知れ渡れば、私とアルノーにも大きな影響を与えると考えたのだろう。貴族のほとんどは、財産や身分で人を見るから。

加えて学費を払うなんて大層な援助をしてもらった相手に、これ以上の心配をかけたくなかったのだろう。欲深い人だったらきっとすべてを吐き出して、援助者の優しさにつけ込み援助をもらい続けようとするはず。

ある意味、お父様のそういった優しすぎる性格が、うまくいかなかった原因にも繋がっているのかもしれない。それでも、私はそんなお父様を尊敬するけれど。伯爵家の当主を継ぐには、人にも、世間にもあまりに甘すぎた。もちろん今回のことで本人もそれを実感したと思う。

「だから、まさか卒業時にあそこまでギリギリの状態だったなんて知らなかった。俺がもっと調べていればよかったんだ。……君は学園で楽しそうに過ごしていたから、平気だと思い込んで……未だに後悔してる」

自分のことではないのに、ノア様が苦しそうな顔をしている。私もそれを見て胸が締め付けられる思いと同時に、どこか嬉しかった。ノア様は、それほどまでに私を気にかけてくれていたのかと。ただの同情だったとしても、簡単にできることではない。

「ノア様、自分を責めないでください。ノア様は私との結婚が決まってすぐに、レーヴェ伯爵家を助けてくれました」

「当たり前だ。君の大切な人は、俺にとっても大切な人なのだから」

ただの契約結婚と思っていた……のに。ノア様は真剣に、私の家族のことを考えてくれていたんだ。

思い返せば、これまでの結婚でそういう人はいなかった。みんな、お金さえ払えばいいんだろうって態度で……。

でも、優しい感情を持ち合わせていない人とのほうが、結婚を決めやすかったのだ。みんな、己の欲望をすぐに叶えようとすることに必死だったから。私が家族を今すぐ助けたいと思うように。そのため俗にいうお金持ちだけど難ありの令息とばかり、婚活していたことを思い出す。大体今思うと――これまでの人たちと結婚したとして、こんな平穏な日々を過ごせていたのか疑問だ。

「ノア様、ありがとうございます。私、ノア様と結婚してよかった」

いろいろな思いがこみ上げて、気づけば自然とそんなことを言っていた。言い終わってすぐ、私はそのノア様に結婚を阻まれてきたことを思い出し、自分を殺した相手になにを言ってるんだとはっとする。

「ああ……俺も、君が俺を選んでくれて、心から幸せだ」

だが、私のいろいろと矛盾している不意に出た言葉に心底喜んでくれているノア様を見ると、もうなんでもいいやとさえ思えてきた。今世のノア様は、私を殺した男ではない。それをきちんと理解しておかないと。

学費の話や態度を見て、とりあえずノア様が私を嫌っていたというのは勘違いだったとわかったが……なぜノア様が私を殺したのかだけは、未だにまったくわからない。私を好いてくれていたとしたら、根本的にその好きな人を殺すなんてありえないからだ。

……一緒に過ごせば、自ずと答えは出るのだろうか。

「あの、私になにかできることはありませんか？　お礼がしたいんです」

いつまでもひとりで考え事をしているわけにもいかず、私は上半身をノア様のほうへ向ける。

「私にできることなら、なんなりとお申しつけください！」

「……エルザにしてほしいこと。そう言われても……」

私がなにかせずとも、ノア様なら自分で欲しいものを手にする力があるだろう。……うぅ。よけいなお世話だったろうか。

「君にしてほしいことなんて、山ほどあるからな」

「………」

どうやら杞憂だったらしい。無理難題を突きつけられたらどうしようと新たな不安を抱えつつ、ひとり考え込むノア様を見守る。

「それじゃあ……エルザに触れてもいいだろうか」

「……触れる？」

「さっき、リックと仲良くじゃれ合っていたろう。それを見て、あいつだけずるいと思って」

な、なにそれ！ ノア様ったら、話せば話すほど可愛いギャップを見せつけてくるじゃない！

つまり、ノア様もなでなでされたい――じゃなくて、触れたいなら、私をなでなでしたいってことね。普段リックが全然撫でさせてくれないって言っていたもの。私とリックの姿を見て、ノア様のなでなで欲が刺激されたんだわ！

「もちろん！　好きなだけどうぞ！」

「……君は大胆だな」

大胆かどうかも、リックの代わりが私に務まるかも知らないが、ノア様のなでなで欲求がこれで満たされるならそれでいい。私はリックみたいにもふもふふわふわもしていなければ、別段触り心地がいいわけではないけれど。

「でも助かるよ。それくらいのほうが。……こっちに来てくれるか？」

「はいっ！　どこに行けば――」

立ち上がった私を、ノア様が自分の足の間に座らせる。そして背後からノア様の腕が回って来て、ぎゅっと抱きしめられた。

――ノ、ノア様って、愛犬は後ろから抱きしめたいタイプ？　そっかぁ！　でもなんだか、自分がやられると……想像以上に照れくさいというか……。

これはただのリックの代理なんだから、変に意識してはダメ。そう思えば思うほど、ノア様の些細な動きひとつひとつに反応してしまう。胸の下にある両手が次はどこにいくんだろうとか、頭の後ろにあるノア様の心音の速度すら、気になって仕方がない。

「ずっとこうしたかった」

低い声で、ノア様がため息まじりに囁く。そのまま後頭部にキスをされると、右手で優しく私のダークブラウンの髪を撫で始めた。

「綺麗な髪だ。俺の手から逃げるようにするするとすべり落ちていく」

髪の毛を一束掬《すく》うように手に取って、ノア様が言った。……普通、こんなに色っぽく愛犬の毛を撫でたりしないと思うけれど……ノア様にとってはこれが普通なのかと思い、私はされるがまま状態だ。

「エルザがあの夜俺に声をかけてくれなければ、もしかしたらこの美しい髪みたいに、俺の手では君をうまく掴みとれなかったかもしれない」

……実際、私は婚活目当てであのパーティーに参加していた。その候補にノア様は当然入っていないし、話しかけなければきっと、いつものように別の令息と婚約したことだろう。

「君と結婚して、俺は変わるって決めたんだ。想いだけがどれほど強くたって、本人に示さなければ意味がないと思い知ったから」

ノア様の腕に力がこもる。耳元には微かに吐息を感じ、振り向けばすぐそこにノア様がいるのだと気づかされる。

「エルザ、好きだ」

「……っ」

「本当に好きだ。絶対逃がさない」

「あ、あの、ノア様……くすぐったいです……」

わざとなのか偶然なのか、耳元で何度も好きだと囁かれ、そのたび耳にかかる吐息に身をよじらせる。そのはずみで僅かに腰を浮かせてしまうと、ノア様ががっちりと身体をホールドしてきた。

「逃がさないと言ったはずだが？」

「ちがっ……逃げようとしたわけでは……」

「だったら動かないで、俺の好きにさせて？　それでいいって言ったのはエルザだ」

数分前に、好きなだけどうぞ、なんて言った自分を恨む。

唯一よかったことと言えば、この体勢だと互いの顔を見ずに済むことだ。こんなふうに何度も好きと言われるのは初めてで、自分でもノア様に囁かれるたびに体温が上がっているのがわかる。たぶん、今の私は真っ赤な顔をしているはずだ。

その後もノア様は、飽きることなく私の髪を撫でたり、ただ黙ってぎゅうっと抱きしめたり、耳の裏に軽くキスを落としてきたりし続ける。何度も変な声をあげながらも、自分はノア様のペットになったのだと頭で言い聞かせた。

「あの、ノア様、ずっとこうしてて飽きませんか？」

「全然。君はとっても抱き心地がいい。どこもかしこも柔らかくて、いいにおいがする」

そんなの、リックのほうが私より全部勝ってるのに。

「けどそうだな。そろそろこの体勢だとワンパターンになってきた」

「！　ですよね。では、すぐに退きますので」

腕の力は緩んだ瞬間、私はすかさず立ち上がった。

やっと終わったと思ったら、ノア様から悪魔のような一言が発せられる。

「次はエルザの顔が見たい」

「……えっと？」

「こっちを向いて」

それだけは無理！　と思ったが、ノア様の手によって強制的にぐるりと身体を反転させられる。

「きゃっ……！」

そのまま腕を引かれて、ノア様の身体に倒れ込むような体勢になってしまった。

ノア様は私の頬を両手でふわりと包むと、愛おし気に目を細める。

「思った通り、真っ赤だな」

「……え、えっと」

「俺のすることで照れてくれるなんて嬉しい」

ノア様は満足げに笑うと、また私の髪に優しく触れる。優しいがどこかなまめかしい手つきに、私はようやく思い直した。

——これは、私がリックにしたなでなでとは全然違う気がする！

そこに気づいてしまうと、もうこれ以上は耐えられない。ただの可愛らしいじゃれ合いでなければ、私たちがしていることは、まさにただの男女のいちゃいちゃ……！

「ノ、ノア様……」

「ん？　どうした？」

「あ、あの……恥ずかしいので、今日はここまでにしてください……」

俯いてふるふると唇を震わせて言えば、ノア様の動きがぱたりと止まる。

「……わかった」

茹でダコみたいになっているであろう私を見て、さすがにノア様もこれ以上続ける気にはならなかったのか、私の要求をのんでくれた。

「今日は諦めよう」

「っ！」

まるで次があることを私に知らせるように、ノア様は微笑する。そんなノア様を見て、私は今後の結婚生活が不安になった。

やっぱりノア様は、私の人生の要注意人物だわ……！

7　神と精霊と、思い出の庭

「見てくださいエルザ様、この前植えた種、芽が出ましたよ！」

「わぁ！　本当だ！　……それにしても、ベティに敬語を使われるのって変な気分」

「我慢してくださいませ。さすがに王宮の庭園でいつも通りにはいきませんわ」

　王宮での生活にも慣れてきた頃。私はベティと庭園で散歩をしていた。今日は天気がいいので、外に出ようという話になったのだ。

　てっきり、ノア様と結婚したらすぐ王妃教育が始まるのかと思っていたら、そういうわけでもなかった。ノア様が王位を継ぐにしても、それはまだ先のこと。まずは、私に王宮での生活に慣れさせることから始めようという、王妃様の意向らしい。

　なんでも、王妃様は王宮に来て即王妃教育が始まったようで、何度も国王様との結婚を後悔して夜に泣いていたとか。そんな思いをさせたくないという優しさから、私にはこういった計らいを見せてくれた。王妃様からすると、やっとノア様がベティでない女性に目を向けたため、なんとしても逃してはならないという思いもあったようだ。この情報は、こっそりアルベルト様が教えてくれた。

「さてと。このエリアは一周したので、そろそろ休憩にしませんか？　歩き疲れたでしょう」

「そうね。言われてみれば……」

王宮の庭園はびっくりするほど広く、全体を簡単に回るだけでも半日はかかるという。一時間半かけてもひとつのエリアしか見られなかったことに驚きつつ、ふくらはぎや太ももには心地よい疲労感がのしかかっているのを感じる。きっと何度もここへ来たことがあろうベティに、申し訳ない気持ちになった。

「ではお茶にしましょうか。テラスでのんびり風にあたりながら、足を休ませましょう」

「いいわね。もちろん、ベティも座ってお茶に付き合ってもらうことが条件よ」

「もう。エルザ様ったら。……そうですね。周囲にほかの使用人がいなければ、遠慮なくそうさせていただきます」

ふふ、とベティが口元に手を当てて控えめに笑う。疲れているはずなのに表情にはひとつも出ていない。ベティも王宮侍女として、ここで散々もまれてきたのだろう。ちょっとやそっとでは疲れない体力を身に着けているのかも。私も見習わなくては。

「あ、ノア様だわ」

ベティと談笑しながらテラスに移動している途中、ベティが私よりも先にノア様がいることに気づく。視線を向ければ、ひとりで門のほうへ向かう様子のノア様が見られた。どこかへ出かけるのだろうか。

「……ねぇベティ、今日って何曜日だっけ」

学園へ通わなくなってからというものの、曜日感覚が曖昧になることがある。

「本日は水曜日でございます」

ベティの返答を聞いて、私はピンときた。

――ノア様、毎週水曜日のこの時間、いつもどこかへ出かけてる。それってたぶん……。

「ノア様、お出かけですか？」

私はベティにひとこと声をかけ、ノア様のもとへ向かって話しかける。

「ああ。水曜日は、神と精霊の庭の管理日だからな」

やっぱり思った通り。

幼い頃、同じことをノア様から聞いていた。どうやら今もノア様は水曜日に神と精霊の庭に通っているようだ。

「学園がある時は放課後寄っていたんだが、卒業してからは昔と同じ時間帯に戻したんだ」

「そうだったんですね」

少しでも疑問を抱きそうな点は、こちらが聞く前にノア様が説明してくれる。

……神と精霊の庭。その単語は、私がものすごくそそられるものだ。院長先生に咎められてからは、一度もあそこに行けていないんだもの。

「……ノア様、私も同行したらダメでしょうか？」

久しぶりに行きたいという欲が抑えきれず、ダメ元で聞いてみる。ダメだと言われても、せめて手前までなら……なーんて。なんでもいいから、あの神聖で澄み渡る空気をもう一度浴びたいと思うのはわがままだろうか。

「うーん……まぁ、エルザなら構わないか」

「えっ！　いいのですか」

「ああ。このまま一緒に行こうか」

ありがたいことに、すんなりと許可をもらえた。庭の入り口で待機させられる可能性もあるが、それでもいい。あの場所に行けるのなら。

……初めてノア様と出会った場所に今さら一緒に行くことになるなんて、不思議な縁だと思いつつ、私はノア様に同行し神と精霊の庭へと向かった。ベティとのお茶はまた今度になってしまったが、ベティにも『どうかノア様を優先してください。面倒なので』と言われたので、彼女はなにも気にしてはいないだろう。

「着いた。……中へ入ろうか」

「は、はいっ！」

神と精霊の庭へと繋がる、森の細い坂道をノア様と歩き出す。ここを登った先に、お目当ての場所が待っている。

入口で追い返されることはなかったため、私も中へ入っていいようだ。空が見えにくいほど生い茂った木々たちが、ざわざわと葉を揺らす。それはまるでこれから庭へ入る私たちを歓迎する音のように聞こえた。懐かしい音に、自然と私の足取りも軽くなる。疲労を感じていたはずの足も、楽しい気持ちが勝てばなんら気にならない。こういった時、身体と心は深いところで繋がっているのだろうと思ったりする。

それほど長くない坂道を登り終えると、神と精霊の庭へ到着した。庭は木々たちに円を描くような形で囲まれており、それほど広くはない。真ん中には大きな狼のような獣の銅像が立った噴水があり、その縁に座ってノア様と話していたことを思い出し、懐かしさがこみ上げてきた。

今回も、特になにごともなく庭の中へと足を踏み入れることができた。ノア様と一緒だからか、それとも――私はなにか、庭へ入る特別ななにかを持ち合わせていたりするのだろうか。

……いいや、私が特別な人間だなんて、とんだ思い上がりね。

自分で恥ずかしくなり、そんな考えを捨てるように頭を左右に強く揺すった。

「懐かしいな」

「……え？」

入口で立ち尽くしたまま、ノア様が私のほうを振り返る。

「ここで、エルザとよく話した。……君は覚えているか？」

遠慮がちに話すノア様は、私の反応を窺っているように見えた。私はノア様の言葉を受け、木々や風たちのように心がざわっとした音を立てる。

――ノア様、覚えていたんだ。

こうやって話すようになってから、ところどころそう感じる節はあった。在学中は、再会した時に顔をしかめられたことや、それからの態度ですっかり忘れ去られている……もしくは、私なんかと関わっていた事実を消したいのだろうと勝手に思い込んでいたけれど。

私のことを覚えていたから、レーヴェ伯爵家のことを気にかけてくれたのか。庶民の私が伯爵家の令嬢になっていたことに、ノア様はどう思ったのだろう。

「もちろん。孤児院で暮らす日々の中で、いちばんの楽しみでした」

「……！　そうか。やはり君も、覚えてくれて……」

ノア様は私が覚えていると知り、表情に出ていた不安が吹き飛んだように、瞳を見開いて輝かせている。

「いいや。この話はやることをやってからじっくりしよう。エルザ、君は好きなところにいてくれ。十分くらいで済む」

「はい。わかりました」

私だけ先に座るのもどうかと思い、とりあえずその場で待機する。

ノア様は手を木々たちに向かってかざすと、大きな光を出して庭をゆっくりとした足取りで周り始めた。

「……これは、結界ですか？」

私の問いかけに、ノア様は歩きながらも答えてくれる。

「そうだ。部外者が入れないよう、ディールス家が使える特殊な結界魔法で毎週強固な結界を張っている。ここは王家が管理する権利を与えられた、世界的にも有名な神聖な場所だ。神や精霊たちが発する神聖なエネルギーは、国を渡り世界の不浄を洗い流すと言われている」

「さすが、神様と共にローズリンド王国を創ったディールス家。結界を張れるのは、王家のみなんですよね？」

「いいや。ほかにもいる。聖女だ」

「……聖女。聞いたことはありますけど、もはや伝説の存在というか」

本でしか読んだことがない、聖女という、神に加護を捧げられた特別な女性。その聖女ならば、王家と同じ結界魔法を使え、神と精霊の庭の管理ができる権利を与えられるという。ほかにも聖女がいることで国を災いから守ることができる、傷を癒やすことができる等、様々な言い伝えはあるが……。

「もうローズリンドでは、かれこれ二百年以上現れていないからな。聖女に選ばれる女性は神に認められるほどの綺麗な心と、世界へ大きな貢献をした功績のあるものと決められている」

なかなかに難しい条件だ。それは、長年現れていないのも納得できる。存在や力が希少であることから、神もそう簡単に加護を与えてたまるか！って感じなのかも。それに世界への大きな貢献って、ずいぶんとぼんやりしている。例がないと、どれくらいの規模のものを指しているか想像もつかない。

「聖女とディールス家の持つ力はそれぞれ異なるのですか?」

「ああ。初代国王と共にローズリンドを創ったと言われるこの庭の神は、魔力と神聖力の両方を持ち合わせているんだが……」

　魔力というのは魔法を使うための力、神聖力というのは、奇跡を呼び起こすと言われる不思議な能力に加え、浄化、治癒といった、いわゆる聖魔法と言われる能力に長けた力らしい。この中に結界魔法も入っているようだ。魔力を持っているだけでは、この神聖力に分類される能力は使えないのだとか。

「聖女は魔力はなく、そのかわり神聖力に特化している。我々王家は魔力はものすごく強大だが、神聖力で使えるのは結界魔法のみ。しかし、魔力だけなら神を超えるとも言われている。それは神が自らの棲み処を守ってもらうために、友人であるディールス家に強い力を与えたという仮説があるが、真実はわからない」

「へぇ。神も聖女も王家も、それぞれ素晴らしい力を持っているんですね。……聖女がいたら、ローズリンドはもっと発展を遂げるかもしれません」

「そうかもしれないな。だが――聖女がいなくて助かった」

　ノア様は一周すると、私のところまで戻ってきた。作業を終えたようで、ノア様の大きな手のひらから出ていた光がポッと消える。

「助かった？　なぜですか？　聖女がいたほうが、国が安泰なのでは？」

「そうだ。国は安泰で神聖力もアップする。庭の管理だって、聖女に任すことができる」

「いいことづくめじゃないですか」

「だが、聖女は強制的に王家の人間と結婚となる。これはこの庭に棲む神が認めた者同士が結婚することで互いの能力を上昇させ、生まれる子供の遺伝子もより強く、神に近づくと言われているからだ。……とのつまり、昔の王家の連中が考えた面倒なしきたりってとこだな」

ローズリンドは神と精霊を大事にする国だから、そういった考えが生まれるのは不思議ではない。

「それじゃあ、もしこの先聖女が現れたら……」

「俺は君と離縁になって、聖女と再婚し聖女が正妻に。君は側室となる」

「……なるほど。場合によっては、すごい年齢差の夫婦も出来上がってしまうのですね」

「いいや。そこは聖女の年齢に考慮される。俺と君の間に……その……子供が生まれていたら、年齢差によっては、子供が婚約を結ぶことになるな」

最後のほうになるにつれ、どんどんノア様の声が小さくなり、最後はまるで言葉を誤魔化すように大きく咳払いをした。

聖女ってすごいのね。王族と同じくらいの権力を持つ者だからこそ、それを明確にするため王家と結婚させているとも考えられる。

というか……ノア様が子供とか言うから、脳内で勝手に私とノア様の子供を想像してしまった。

「ノア様の遺伝子があれば、確実に女の子でも男の子でも美しいでしょうねっ！　あ、私が遺伝子の邪魔をしてしまうのは申し訳ないですが――」

言いながら、驚きで固まったのに気づく。

……私、ノア様と結婚したばかりなのに、なにを口走っているのだろう。

いろいろなものをすっ飛ばしていることに気づき、つられるように私の顔も熱くなる。私たちに子供や子作りの話は、正直まだ早すぎた。

「ご、ごめんなさい！　あくまで想像上の話で……いえ、想像したことすら厚かましいと思いますが……」

「いいや。いいんだ。俺もそんなつもりはなかったのに、勝手に君との子を想像してしまい……そんな自分を恥じただけだ。元はと言えば、俺が先に出した話題だ」

ノア様も想像してたんだ……。もしかしたら、私より先に想像していた可能性もある。だから声が小さくなったのかも。

「あ、でも、こんなに長い間聖女がいないということは、聖女の力が遺伝するわけではないのですね」

「そうだな。あくまでも、聖女は神に直接選ばれた者のみ。聖女が子供を産んでも、その子供が必ずしも聖女に選ばれるような人間になるとは限らない」

遺伝するような力だったら、ここまで聖女という存在が伝説化してない、てことか。

「それより、そこでゆっくり話さないか？　今日は昔と違って、俺たちにタイムリミットはない。青空の下で、思い出話に花を咲かせるのはどうだろうか」

「……ふふ。そうですね。その話、乗りましょう」

私はノア様にエスコートされながら、噴水まで一緒に歩き縁に腰掛けた。すぐ後ろに涼し気な水の勢いを感じる。この感じも懐かしい。

「もう、ここでエルザに会うことはないと思ってた」

しばらく水の心地よい気配を感じて空を仰いでいると、ノア様がそう言った。

「……ごめんなさい。私、ここへ遊びに来ていることが院長先生にバレて、ノア様に挨拶もできないまま……」

言いながら、スカートの裾をぎゅっと握る。

なにも言えずにノア様とお別れになったことは、私にとってずっと心残りだった。

いつか謝りたいと思っていたが、ノア様が私との思い出を覚えているか確証がなく、
こんなにも遅い謝罪になってしまった。

「そういうことか。……あの時、俺はひどくショックだった。だからこそ学園でエルザを見つけた時は……すごく嬉しかった。エルザが貴族になったことで、また会えるようになったから」

眉を八の字に下げ、ノア様は笑う。

レーヴェ伯爵家は王都の中心部からは離れており、ここまで通うことは不可能だった。それゆえに中心部で開催される社交場には顔を出せなかったため、ノア様と会う機会が学園入学までなかったのだ。

「入学してすぐ、ノア様は私に気づいていたのですか？」

「当たり前だ。君は想像よりずっと素敵な女性になっていて……でも、あの頃と同じ、可愛い笑顔だった」

当時の私を思い出すように、ノア様はひとりでくすくすと笑い始める。

「……そんなふうに思ってくださったなら、今みたいに笑って話しかけてくれればよかったのに」

「！　そ、それは……」

私にジト目でのんきに笑っているノア様を見つめる。別に怒ってはない。ただ、ノア様の困っている姿に興味があったため、ここぞとばかりに切り込んでいく。

「ノア様、私を見た瞬間に思いっきり顔をしかめたんですよ。それまではにこやかに笑っていたのに。あの瞬間、私はノア様に忘れ去られているのだと確信し、ここでの思い出は個人的によき思い出として心の中にしまうと決めたんです」

あのしかめっ面は、今でも忘れられない。そもそもなぜノア様はあんな表情をしたのだろうか。今が、その謎を解くチャンス？

「俺からしてみれば、そんな顔をしたつもりはなかった。ただあまりに驚いて……夢を見ているのかと……稲妻に三発は打たれたような、ものすごい衝撃だった……」

「……つまり、驚きすぎて顔が強張ったと？」

「……そういうことだ。情けないがな」

ノア様と距離を詰めて、もっと近くでじーっと見つめると、ノア様はばつが悪そうに片手で口を塞いで顔を逸らした。

その瞬間、ベティに言われた言葉を思い出す。

『その優しくするっていうのができない人だったの！　しかも好きな人にだけ！　理由は好きな人を前にすると緊張して話せなくなるから！』

『ノア様はエルザに冷たくしたんじゃあない。あなたを好きだからこそ、特別だからこそ、今まで接し方がわからなかった。それだけよ』

半信半疑で聞いていたその言葉に似たものを本人から言われるだけで、真実味を帯びる。

「何度も何度も、君に話しかけようと思った。でも……いざ話しかけると……君は俺から逃げただろう？　俺が声をかけるのは迷惑なのだと思って、それ以上近づくことができなかった」

「逃げた……あっ！　違うんです。それは……」

ノア様の気持ちを聞いて、ようやく私は自分のしていた大きな勘違いに気づく。

「迷惑とかではなくて、あの時は既に、私はノア様に嫌われていると思っていましたから。なにかひどいことを言われるのかと思い、思わず逃げてしまったんです。ノア様との思い出を……綺麗なまま残しておきたくて」

勇気を持って私に声をかけてくれたのだと知り、申し訳なさでいっぱいになる。あの時ノア様の話を聞いていたら——私の人生は、大きく変わっていたかもしれない。

なんて、もうたられればの話だけれど。

「そうだったのか。……俺たちは互いに勘違いして、すれ違ってしまったんだな」

「それに、ノア様から話しかけてくるなんてすごく珍しかったでしょう？　私、驚いちゃって。周りの令嬢たちの視線も怖かったというか……」

ノア様は話しかけられることはあっても、自ら女子生徒に話しかけている場面を見たことがない。アルベルト様は——学園でも、ナンパし放題って感じだったけれど。

パーティーではもう今後関わらないと思ってあんな大胆な行動に出られたが、在学中だと絶対に無理だった。令嬢から反感を買いいじめなんて受けて持ち物を隠されたり壊されたりでもしたら、買い替えるお金もなかったのだから。

「君は、俺を完璧だと思うか？　エルザ」

突拍子もない質問に、私は目を丸くする。ベティも同じ質問を私にしてきたが、本人から問われるとまた質問の重みが増すような気がした。

「はい。王子様って言葉まんまのお方だと思います。私自身、なにを以って完璧というのかはわかりませんが……」

完璧か完璧でないかと問われれば、ノア様は前者で間違いないだろう。

「実は、俺にも弱点がある」

「ノア様の弱点……」

「ああ。エルザ、君だ」

「……うん？」

ベティが言ってた、恋愛下手っていうのが弱点なのかと思ったが、その予想は見事に外れることとなる。弱点が私……？　意味がわからず首を捻った。右に一回、左に一回。ゆっくりと捻って考えるも、さっぱり理解不能である。

「俺は好きな人のことになると、完璧ではいられなくなる」

頭上にいくつものハテナマークを浮かべる私をおもしろそうに眺めながら、ノア様は私を見つめた。彼の瞳には、相変わらずぽかんとした顔の私が映っている。

……私相手だと、ノア様は完璧じゃあなくなるってこと？　たしかに、殺人を犯す人が完璧なはずないんだけれど……。

ノア様が私を殺した原因には、やっぱり好きな人が大きく関係しているのだろうか。しかし、話を聞けば聞くほど――その好きな人が、自分、ということになってしまうのだが。そして大きくまとめると、結局ベティの言っていた恋愛下手に着地するようにも思う。

「エルザ？　どうした。ここに皺が寄ってる」

人差し指で眉間をつつかれて、私ははっとする。

「……完璧ではない俺は嫌？」

不安げに、ノア様が私の顔を覗き込む。瞳に差し込む光が不安定に揺れていて、まるでノア様の心中を現しているようだった。

「いいえ。いいと思います。完璧でないノア様が、いちばん人間らしくて素に近いノア様と思いますから」

そっとノア様の手に自分の手を重ねて微笑みかけると、ノア様の表情から不安が消えた。

……なんでかわからないけれど、ノア様が不安定な様子を出してくると過剰にドキリとしちゃうのよね。結婚前夜に私を襲ったノア様は完全に闇堕ちしていたし、その前兆みたいな感じがして。だからといって、嘘をついて安心させているわけでもないが。

「俺は、エルザのそういうところが好きだ。昔からエルザはそうだった。俺の地位とか、そういうの関係なく——ただ、そのままの俺の話を聞いてくれた」

ノア様は私が重ねた指を絡めとると、自分の口元へと持っていく。その様子が、私にはスローモーションに映った。

「ここでエルザに会って――俺は君に、強烈なひとめぼれしたんだ」

言い終えると同時に、私の手の甲にキスを落とす。思い出話に花を咲かせるにしては、どうも雰囲気が甘い方向へ向かっている気がしてむずがゆい。全神経がノア様に口づけられた部分に集中していると思いつつ、聴覚だけはしっかりとノア様からの愛の告白を一言一句逃さずに聞き入れている。どちらにせよ、全神経がノア様に支配されていることには変わらない。

「俺がエルザに、ここで言ったことを覚えている？　君に、将来結婚しようと言ったこと」

そこまで覚えていたことに驚いた。

あんなの、ノア様からしても子供同士のよくある可愛らしいやり取りだと思っていたのに。

――ノア様って、本当の本当に、ずっと私のこと好きだったの？

ありえないと思っていたが、じわじわとそれが真実ではないかと思い始めてくる。

大切な宝物をひとつずつ紹介するように、ノア様があまりにも優しい瞳と口調で思い出話をするものだから、私も当時抱いていたノア様への淡い恋心を思い出しドキドキが止まらない。

「……覚えています。まさか、現実になるとは思わなかったけれど……いつまでも、ここでノア様と出会ったことは私にとって大切な思い出です」

妙な緊張感の中、一生懸命言葉を紡いだ。

孤児院で暮らす私がここでノア様と話していた時間は、まるで夢のようなひと時だった。ノア様が私に知らない世界を教えてくれたことで、私の視野も興味も広がった。だからこそ会えなくなったら悲しかったし、また会えた時は嬉しかった。そして……嫌われているのだと思った時は、当たり前だと思いつつも寂しかった。

そこから私は何度もループを繰り返し、何度もノア様に殺されたことで、ノア様に対する感情は恐怖と申し訳なさに全振りしていたのだが――まさかループを回避した先で、こんな展開が待ち受けているなんて。

「……エルザ、ここでこの前の続きをしてもいいか」

「……続き？」

「また君に触れたい。今度はきちんと、君の反応を正面で楽しみながら」

意地悪な笑みを浮かべるノア様を見て、以前、ノア様の部屋でリックの代理をした記憶が呼び起こされた。

「い、今⁉　ここで⁉」

あたふたする私を見て、ノア様は馬鹿真面目な顔をして頷く。

「エルザが可愛いことを言うのが悪い」

「私のせいなんですか⁉」

「だって、君が俺を煽るから」

繋いでいた右手は、いつの間にか私の腰に回されている。

どうしよう。煽った覚えがなさすぎる。私がたじたじになっている間もノア様はどんどん身体を前のめりにして顔を近づけてくる。私は身体を後退させるが、このままでは噴水の縁に背中がついてしまいそうだ。

「ノア様！　ここは神聖な場所ですよ！　神様の前でいけません！」

油断したらすぐにでも押し倒されそうな状況を、私はなんとかひっくり返そうと応戦する。

「神様なら今不在よ」

すると、私とノア様の間にどこからともなくひょこりと小さな女の子が姿を現してそう言った。

「⁉　だ、誰⁉」

いつからこの庭にいたのか、まったく気配を感じなかった。反射的に声をあげて女の子のほうを見る。

「エルザ、聞いたか？　どうやら神は不在らしい。不在ならこのまま続けても構わない」

「ノア様！　小さい子供の前ですよーっ！」

しかしノア様はその子には目もくれず、私に迫り続けている。誰が見ても、今のノア様は完全に暴走モードに入っているように見えるだろう。

……これが、ノア様の言う完璧でいられない自分なのか。完璧ではないノア様を目の当たりにして、さっきの言葉の信憑性が急に増してきた。

「本当、いい加減にしてほしいわ。アタシの前でイチャイチャイチャイチャ。ここは人間がイチャコラする場所じゃないのよ」

どうにかノア様を説得しふたりできちんと噴水の淵に座り直すと、女の子がぷんすかふくれた様子で私たちに言う。ぐうの音も出ない意見に、私は申し訳なさでいっぱいだ。

「そっちこそ、姿を現すなんてめずらしいな。精霊っていうのは恥ずかしがり屋で、ほぼ人前に実体化した姿を現さないと聞いたことがあるが」

ノア様が腕を組みながら女の子に言う。

「え、あなた、精霊なの？」

「どう見てもそうじゃない！　小さな羽もついているんだからっ！」

女の子が背中を見せつけてくる。すると、たしかに透明の綺麗な羽がついていた。

私はそれを見てやっと、女の子が人間でないことに気づく。

ノア様が言うには、王家の血を引かずとも神の庭に入れた者は、ここに棲む精霊たちの姿を見ることができるらしい。でも、精霊自身が姿を実体化させることがほぼないため、今回はかなりレアケースという。実体化しない精霊のことは、王族でも見ることができないようだ。声が聞こえるのも、姿を確認できるのも、あくまで精霊が自分の意思で実体化した場合のみ。

「アタシはピアニー。神様に創られた、お花がだあいすきなキュートな精霊よ」

女の子――ピアニーはそのままくるりと回ると、手から小さなお花をぽんっと出して、香りを楽しむようにお花をすぅっと吸い込み満足げに微笑む。さすが精霊、こんなに小さくても、魔法はお手の物ってわけね。思わずパチパチと拍手を送ってしまう。

ピアニーは見た目だと五歳児くらいに見え、ピンク色のツインテールに愛くるしいそばかすが特徴的な可愛い女の子精霊だ。

「ノア様はピアニーに会ったことがあるのですか？」

「ああ。何度かな。こんな感じでいつも機嫌が悪い」

「それはアタシがアンタを嫌いだからよっ！　早く出て行ってほしくて実体化してるの！」

「そうなのか。嫌いな相手にわざわざ実体化までしてくれるとは、いい子だな」

「っ！　……キーッ！　むかつくぅぅ！」

余裕のある表情でノア様に子ども扱いされて、ピアニーはその場で顔を真っ赤にして地団駄を踏む。見るからに、ふたりの仲は険悪そうだ。

「ノア様、なにかしたんですか……？」

まだ地面を蹴りつけているピアニーを横目に、こっそりとノア様に耳打ちすると、ノア様は「それが覚えがないんだ」と答えた。

「ついでにアタシがわざわざ人間の前に姿を現したのは、アンタたちがアタシたちの家でイチャコラしすぎだからよっ！」

「ご、ごめんね。そんなつもりはなかったんだけど……」

「アンタも押しに弱すぎ！　そんなだと、このオオカミみたいな男に食べられちゃうわよっ！　いい!?　男はみーんなオオカミなのっ！」

「は、はい。気をつけます……」

まさかこんな小さな女の子に怒られるとは。だが、ピアニーは見た目が小さいだけで、私よりずっと長く生きている可能性もある。精神年齢や人生経験は、私より豊富なのかも？

「失敬だな。俺をほかの男たちと一緒にするな」

「アンタがいちばん危ないのよっ！　今にもこの女を押し倒しそうだったじゃない！」

ピアニーの叱咤に本気で眉をしかめるノア様に、ピアニーが勢いのいいツッコミを入れる。それでもなお、ノア様はピンとこない顔をしていて、私はふたりのやりとりに笑みがこぼれた。

「ちょっと！　なにのんきに笑ってるの！　アンタがそんなのほほんとしてるから――」

「落ち着けピアニー。ところで、神様が不在っていうのはどういうことだ？」

また怒られると構えていると、ノア様がピアニーの言葉を遮って言う。それについては私も気になっていた。

「そのまんまよ。神様はお出かけ中で、この庭にいないの」

神様もお出かけするんだ。初めて知った。

「それで、今日は折り入ってアンタに頼みがあるんだけど」

ピアニーはじっとノア様のほうを睨みつける。とてもこれから頼み事をする態度とは思えないが、ピアニー自体があまりに可愛らしいからちっとも憎めない。そこが、彼女の大きな魅力ともいえる。

「精霊の君が俺に頼み事？」

「アタシだって、できることならアンタに頼りたくないわ。でも仕方ないの。アタシは王族の人間と一緒じゃないと、いくら実体化したところでこの庭を出られないからね」

精霊は基本的にこの小さな庭で暮らしているが、稀に姿を実体化させ外へ出るようだ。だが、そうするにはディールス家の人間の力を借りなければならないらしい。精霊と人間界を繋ぐ役割も、王家が担っているという。

「……つまり、庭の外へ行きたいから、俺に協力してくれと？」

「……そうよ。でも、難しいことは言わないわ。アタシが行きたいのは王宮の、アンタの部屋だから」

ぽっと頬を染めて、ピアニーは恥ずかしそうに俯いた。ノア様の部屋に行きたいって……いったいどういう……？

「悪いがピアニー。俺は君に一ミリも興味がない。君の相手はできないし、俺の愛する人を不安にさせるような頼みは聞けないな」

「なに言ってんのよ！　アンタの部屋でアンタとどうこうしたいんじゃあないっての！」

ノア様が早口でピアニーの頼みを真剣な表情で断ると、またもやピアニーの怒声が飛んできた。叫びすぎて、ピアニーも息が上がっている。……ごめんピアニー。私も同じ勘違いをしそうになっていたわ。

「アタシはアンタのペットに会いたいの！」

「ペット……ああ、リックのことか」

それを聞いて、私はピアニーの意図を感じ取る。

ノア様は知らないが、リックは精獣。きっと、ピアニーと友達なのだろう。だからピアニーはリックに会いたくて、わざわざ仲のよくないノア様に頼んでいるんだ。

「ノア様、ピアニーを連れて行ってあげましょうよ」

そうとわかれば、私もすぐさまピアニーに加勢する。離れた友達に会いたい気持ちはよくわかるもの。私にも、離れ離れになった孤児院の友達がたくさんいるから。

「……そうだな。エルザが言うなら、俺も構わない」

なぜ私基準なのかわからないが、ノア様も乗り気ではないものの渋々承諾する。

「だが、なぜリックに会いたいんだ？」

「なぜって……アタシ、もふもふした生き物が好きなの。だから直接触れてみたくて……ていうか、アンタに関係ないでしょっ」

「関係はあるだろう。リックは俺の愛犬だぞ」

「ふんっ！　もとはといえばアタシたちの――」

言いかけて、ピアニーははっとして口を塞ぐ。ノア様はなにも気にしていないが、ピアニーからすると、リックは元々精霊の仲間。私はその先を聞かずとも彼女の言いたいことがわかった。

「いいからさっさと行くわよっ！　部屋に着くまでは、蝶になってアンタの肩に乗っていくわ！」

ピアニーは姿を綺麗なピンク色の蝶に変えると、ノア様の肩に引っつく。

「……仕方ないな」

ノア様は面倒くさそうにため息をつくと、私たちは立ち上がり、王宮まで帰ることとなった。

無事に王宮へ到着し、私も一緒にノア様の部屋へ向かっている最中のこと。

「ノア！　見つけた！　今日は帰りが遅かったな」

廊下の角からひょっこり姿を現したのは、アルベルト様だった。

「アルベルト様、お久しぶりです」

頻繁に顔を合わせることになると思っていたアルベルト様だったが、なぜか結婚の儀以降まったく会う機会がなかった。久しぶりに会えた喜びも込めて笑顔で挨拶をする。

「エルザちゃん！　やっとまた会えたね！　いやぁ、本当はもっといろいろ話したいんだけどノアが——」

「おいアルベルト、さっさと要件を話せ。あとエルザに近寄るな」

急にノア様から殺気を感じ、私もアルベルト様もぎょっとする。あまりの殺気に、肩の後ろに隠れているピアニーも蝶の姿のままびくびくと震えていた。

この殺気は私に向けられているというより……アルベルト様に向いているっぽいわね。アルベルト様、私の知らぬ間にノア様を怒らせたのかしら。

「わ、わかったって。確認してほしい書類がいくつかある。執務室へ同行願いたい」

「今から？　あとでもいいだろう」

「悪いが期限付きの書類だ。早急によろしく。ってことで、ノア借りるね？　エルザちゃん」

「お、おい、アルベルト――」

アルベルト様は片手を顔の前に出して私に謝りながら、もう片方の手でノア様の腕をがっしり掴み、強制的に執務室へ連れて行ってしまった。

ピアニーは急いでノア様から離れると、今度は私の肩にひらひらと舞い降りてくる。

「ピアニー、ノア様から離れて大丈夫？」

小声で蝶のピアニーに話しかける。

「ええ、大丈夫。王宮は王家の魔力に満ちているから、問題ないわ。さあ、早くアタシをリック様のところに連れて行って！」

パタパタと羽で私の肩を叩いて、ピアニーは私を急かす。私もそんなピアニーの気持ちを察して、できる限りの早歩きでノア様の部屋へと向かった。……勝手に入ることになるけど、ノア様もわかってくれるわよね？

「ピアニーって、さっきの姿に戻った場合、ほかの人間にも姿が認識できるの？」

「ええ。あれは人間に姿を現すためのアタシの本当の姿だから。たとえば加護を授ける時なんかは、庭の外で実体化するの」

「あれ？　だったら、ノア様がいなくても移動できるんじゃあない？」

「……今はわけありでできないの！　庭の神聖力が低下して、アタシたちの力も弱まってるのよ。無駄口はいいから、早く！」

ピアニーが言うには、神様から発せられる神聖力や魔力に触れることで精霊も元気になり力が漲《みなぎ》るらしい。不在なことで、精霊の力の低下に繋がっているようだ。

庭の神聖力の低下って、国としては結構問題な気もするが、ノア様は今日庭をチェックする時になにも言っていなかった。本当に庭がピンチだったらピアニーも言うはずだ。今のところは不便はあるが、大きな問題というわけではなさそうだ。

部屋に着いて中に入ると、私は周りに誰も人がいないことを確認してから扉を閉める。

「リック様ぁっ！」

ピアニーは私の身体から降りるのと同時に、蝶の姿から女の子の姿へと変化した。

「ピ、ピアニー⁉　なぜお前がここに……！」

ソファでくつろいでいたリックはピアニーを見て驚き、大きな身体をびくりと跳ねさせる。

「リック様！　お会いできて嬉しいっ！」

「ぐえっ。おいエルザ、早く助けろっ！」

加減を知らないピアニーは、リックのもふもふを潰すようにぎゅううと抱きしめている。リックの大きな身体がピアニーの圧で細くなり、リックは苦しそうにもがいていた。

「ピアニー、リックが苦しそうだから、もうちょっと優しく……」

「うるさいわねっ！ていうか、勘違いしないでよ。別にアンタのおかげでここに来られたとか思ってないからっ！」

どうやら、私もピアニーにはよく思われていないようだ。ちょっぴり悲しい。それでもリックが苦悶の表情を浮かべているのに気づき、無言で解放してあげている。

「ピアニー。まさかお前、ノアに頼んで庭から出たのか？」

締めつけから解放されたリックは、けほけほと小さく咳き込んでピアニーに問いかけた。

「はいっ！今回のノアは機嫌がよさそうだったから、アタシの頼みを聞いてくれると思って！」

今回のって、ピアニーだけでなく、ノア様もいつも神と精霊の庭で機嫌が悪そうに振る舞っているのだろうか。神聖な場所なのにみんながイライラしているのは、少しどうかと思うが……。これが原因で、神聖力が下がっていたりして。

「でもノアがいたらこうしてリック様と話すことができなかったから、アルベルトはナイスだったわ！　ノアが戻ってくる前に、たくさんリック様とお喋りしておかないと」

……そうか。ノア様がリックをペットだと思っているせいで、この場にノア様がいたらリックは声を出せなかった。そう考えると、たしかにアルベルト様の連れ出しはナイスタイミングだったわ。

「ピアニーは、私がリックの正体を知っているってわかっていたの？」

しゃがみこんで、ピアニーと目線を合わせて問いかける。たぶんだけれど、ピアニーは上からものを言われることを好まなそうだ。

「ハァ？　当たり前じゃない。精霊は庭から国中の様子を見ることができるの。アタシはずーっとリック様を監視しているんだから、アンタと話していたのもお見通しよ」

ピアニーは続けて、リックがノア様のペットでいることに不満を露わにした。なんでも、監視していると嫌でもノア様が視界に入ってくるからだとか。

「ねぇピアニー。ノア様となにかあったの？　そこまで言うなんて、よほど嫌いみたいだけど……」

気になって、できるだけやんわりと穏やかな口調で聞いてみた。

「嫌いね。大っ嫌いよ。アタシから大事なものを奪ったんだもの！　人間界では大人気みたいだけど、精霊界では人気ないんだから！」

ノア様にだけ特別辛辣なところが、どこかベティと被ってしまった。ノア様をこんなふうに言うのは、世界中でもこのふたりだけにも思える。

「えっと、大事なものって？」

「……教える必要ないでしょ。ていうか、アンタは嫌いじゃあないの？　ノアのこと」

「……え？　私が？」

「おいピアニー！　わけのわからないことを言ってエルザを混乱させるな！」

リックが前足で器用にピアニーの口元を塞いで黙らせる。

……私がノア様を嫌い？　自分が嫌いだから、ノア様を嫌わない理由がわからないのだろうか。

でも言われてみれば、何度も自分を殺した相手を嫌いと思えないなんて、私って相当おかしいかも。当時はずっと、ノア様は私を恨んでも仕方ないって思っていたが、その推理が当たっていたとしてもただの逆恨みにすぎないのに。今なんて、殺された意味もわからない状態だ。

「嫌いっていうより——なにを考えてるかわからなくて怖い、のほうが合ってるかな」

私はひとりごとのように、右手を顎に添えて呟いた。

「それは同感！　ノアってそれはもう、最強に最恐っていうか……激怒したノアを見たら、ちびりそうになるもの」

「その話はいいだろう。ところでピアニー、お前は私になにか用事があったのか？」

激怒したノア様の話をもっと聞きたかったのに、リックにうまく話題を逸らされてしまった。

「ある！　リック様ったら、この前エルザにいーっぱい自分の身体を触らせていたでしょう⁉　ずるいずるい！　普段は触られるのが大っ嫌いなくせに！」

「あっ……あれはだな。くそ、エルザに身体を許したせいで、面倒なことになった」

「アタシにも、リック様の逞《たくま》しいもふもふを堪能させてくださいまし！」

そう言って、ピアニーはわしゃわしゃと雑な手つきでリックの全身に両手を這いずらせる。不快なのか、リックの毛が一瞬にしてぞわりと逆立った。

「や、やめろ！　助けてくれエルザ！」

リックはピアニーから逃げまどい、しゃがんだままの私の胸に飛びついてくる。

「よしよし。リック、落ち着いて」

私はリックの毛を以前のように優しくゆっくり撫でる。耳の裏から顎下と、リックが喜ぶポイントを探って、気持ちよさげに目を細めるとそこを集中的に撫で続ける。

そうしていると、ついさっきまで暴れていたリックが借りた猫のようにおとなしくなった。

可愛い。そして相変わらずリックのもふもふは国宝級の心地よさだわ。

ピアニーがいなければ、このまま顔面を突っ込んでもふもふに埋もれてにおいを吸い込みたいくらい。

「……す、すごいわエルザ。リック様がこんなにおとなしく撫でられるなんて」

ピアニーにとってはよほど驚きの光景なのか、私の腕の中でおとなしくしているリックに釘付けのようだ。

「でも、アタシだってできるもん……！　アタシだって、リック様のこと気持ちよくさせられる……」

私のところまで小走りでやって来ると、ピアニーは私が触れていない尻尾を撫で始める。すると、目を閉じてリラックスしていたリックがぱちりと目を開けてピアニーに牙を向けた。

「触るなピアニー！　お前とエルザは別物だ！　エルザの撫で方は心地いいが、お前のは不快だ」

オブラートに包むこともせず、リックは牙を向けたままピアニーに言う。ピアニーは相当ショックだったのか、その場で固まってしまった。

「あの、ピアニー、大丈夫？」

心配になり、もふもふを続けながらピアニーの顔を覗き込む。すると、ピアニーの目からはぼろぼろと涙が流れていた。半泣きというより、ガチ泣きだ。

「ア、アタシだって、リック様のこと撫でたいのにっ……！」

嗚咽《おえつ》するわけでもなく、ただ涙がとめどなく流れている。そのため、目を閉じて恍惚気分なリックはピアニーが泣いていることに気づいていない。

「……ピアニー。私がリックの弱点を教えてあげるわ。そうしたら、絶対喜ぶわよ」

「……弱点？」

「ええ。リックのお腹を優しく撫でてみて。私の手つきを真似するように。わしゃわしゃーって、乱暴にしてはダメよ」

「わ、わかった」

アンタなんかに教えてもらいたくないわよ！とでも言われるかと思ったが、意外にもピアニーは素直に私のアドバイスを聞き入れてくれた。

左手で涙を拭って、右手をリックのお腹に伸ばす。そしてぎこちなく、私の手つきを真似するようにリックのお腹を撫で始めた。

「おお……！ そこが一番いい……さすがエルザ。日々のストレスも吹っ飛ぶ……」

リックが歓喜の言葉を口にする。作戦成功を称えるようにピアニーにウインクすると、ピアニーもきらきらと目を輝かせた。

「ふふ。リック、そこを撫でているのは私じゃなくてピアニーよ」

「なに⁉ そんな馬鹿な……あいつはもっと荒々しくもむように触ってくるが……ほ、本当だ」

目を開けてピアニーに触れられていることを確認すると、リックは信じられないというように目をまんまるに開いた。

「リック様、気持ちいいですか？」

「ま、まぁ……悪くはない」

「うふふっ！ 嬉しいっ！」

素直になれないリックと、素直すぎるピアニー。傍から見るととてもお似合いで、見ているだけで微笑ましい。

「ありがとう。エルザ！ エルザっていい子なんだね！ アタシ、ノアに好かれる女なんてヤバイと思ってたから、エルザのこと誤解してたみたい！」

「そ、そうだったのね」

「これからは仲良くしようね！　リック様に触れられたのも、エルザのおかげよ。エルザ、大好き！」

凄まじい掌返しに反応が追いつかない。でも、ピアニーに嫌われるのは寂しいなと思っていたため、好意を向けられるのは素直に喜ばしい。

「あーあ。エルザ、面倒だぞ。こいつ、好きになった相手には愛が重いタイプだからな。そこはノアと同じだ」

「ちょっとリック様！　ノアと一緒にしないでっ！」

イラッとしたのか、ピアニーがリックのお腹をもぎゅっと掴む。リックは強い刺激に悶えたが、すぐに私が掴まれた部分をなでなでしてカバーしておいた。

「……あ、そうだ。ふたりに聞きたいことがあるんだけど」

その後もピアニーとリックをもふなでしていると、私はこの機会にとある疑問を庭の住人であるふたりにぶつけてみることにした。

「私って、王家の血筋でもない普通の人間でしょう？　それなのに、どうして過去も現在も、神と精霊の庭に入れるのかなと思って。ふたりはその理由、知ってたりする？」

「そんなの、エルザが神様に認められたからよ！」

私が神様に……？　どういうことだろう。

「神の庭に入れる者は二種類。神と友人になり国を創った、初代ディールスの血を引く王家の者。それと──純粋な心を持つ者だ。自己の強い欲望や邪念を持つ者は、神様にそれを見抜かれる。そういった場合、結界が庭への侵入を拒否するんだ。結界には不思議な魔力が込められているからな」

「純粋な心……」

「エルザは綺麗で、リック様みたいに真っ白な心の持ち主だったということよ！　そんな人間、ほぼ皆無なのよ！　だからエルザは特別な存在！」

ピアニーがにっこりと笑いながら、私を褒め称えてくれる。

純粋で、真っ白い心……。初めてあの庭へ入った時は子供で、なにも知らなくて、たしかに純粋だったかもしれないが……今はどうだろうか。

「神様、間違えていないかしら。今の私は、人並みに欲望もあって、そんなふうに言ってもらえる人間じゃあない気がする」

生きたい。家族を幸せにしたい。

そのために、ノア様を利用して結婚したような女だ。これまでだって、好きでもない令息と己の欲望だけで婚約してきた。そんな私が、純粋なわけがない。私は大人になるにつれて、汚い心を持ち合わせてしまったのだ。

「いいやエルザ。お前の心は綺麗だ」

「……リック」

まるで私の心の中の葛藤が聞こえていたかのように、リックが起き上がって私にそう言った。

「お前は自分に起きた不幸を、決して誰かのせいにしない。お前の欲望の色が私には見える。だが、それは幸せへと導く欲望だ。悪いものではない」

リックはすべての感情に色が細かく存在すると教えてくれた。さらに、私の心は綺麗だとも。自分ではそんなふうに思ったことはない――が、今も庭へ入れたということは、ローズリンドの神様は私を認めてくれているって考えてもいいのだろうか。

「ん？　でも、神様は今不在なのよね？」

「そっ、そうだが……遠くからでも庭の様子を見ることはできる。神様なのだから」

「そっか。神様ってすごいんだね。早く庭に戻ってきたらいいけど」

そんな話をしていると、隣にいるピアニーの身体が半透明になり透けていることに気づいてぎょっとする。

「ピアニー⁉　その身体……！」

「あーん。タイムリミットがきたみたい。身体がこうなったら、庭へ強制送還される合図なの。またねエルザ！　リック様！」

リックの名前を呼び終えたタイミングで、ピアニーの身体は空間に溶け込むように消えていった。嵐の前の静けさならぬ、嵐のあとの静けさとでもいうべきか。ピアニーがいなくなった部屋は、途端に閑寂としている。

「精霊って自由に飛び回っているイメージあったけど、タイムリミットもあって案外不便なのね」

私が言うと、リックが「……今はな」と、どこか遠い目をして意味深な発言をした。精霊や精獣の不便には、神様の留守が関係しているように思ったが、リックもそれ以上はなにも口にしない。

その後、ノア様が部屋に戻って来た。だが、事はすべて終わっている。

「あれ？　ピアニーは？」

「ついさっき庭へ強制送還されました。安心してください。ちゃんとリックとの時間を楽しんでいましたよ」

ノア様が戻ってきたからか、リックは広い部屋の隅のほうで身体を縮こまらせている。

「それならよかった……ん？　エルザ、それは……」

ノア様はソファに座る私の隣に腰掛けると、私の肩を凝視している。視線につられるように私も自分の肩に目を向けると、そこにはリックの白い毛が付着していた。

「……エルザもまたリックを撫でたのか」

白い毛を手で器用につまんで、ノア様はいつもより低い声でそう言った。私たちだけで楽しいもふなでタイムを過ごしてしまったことがこんなにも早くバレてしまうなんて……！

「なぜリックはエルザにだけ懐くんだ。君の美しさは動物まで虜にしてしまうのか。困ったな」

「そ、そんなこと言われましても……」

前はノア様は私がリックに懐かれたことに嫉妬しているのだと思っていたけれど、この口ぶり的に、単純にリックに嫉妬しているのだと気づいてしまう。ペットに嫉妬するなんて、ノア様にも可愛らしいところがあるんだなと思ったり。

「リックが羨ましい。君から思う存分触れられるなんて」

なにか期待を込めた眼差しで、ノア様がこちらを見る。

「エルザ」

「なんでしょう？」

「俺のことも、好きなだけ触ってくれていいぞ」

甘えるようにノア様が肩にもたれかかってきて、不覚にも可愛いと思ってしまった。しかし、リックとノア様は全然別の生き物だ。リックみたいにノア様を撫でくりまわすことはできない。

……でもなにもしなかったら、またノア様が襲ってきそうだし。

とりあえず、私はノア様の髪に優しく触れて控えめに撫でてみる。以前ここで、ノア様が私にしてくれたみたいに。

「……エルザの手は気持ちがいいな」

「そうですか？」

リックと同じ感想に、思わず笑いそうになる。

「ああ。たまにはこういうのもいい」

「……たまには？」

「俺は君に触れるほうが好きだから」

気持ちよさげに伏せられていた瞳が、怪しげにうっすら開く。にやりと笑うノア様を見て、胸が大きく跳ねたと同時に、今日はこのままノア様を甘えさせる側にしておこうと心に決めた。

8　波乱のお披露目パーティー

「エルザ、いい？　今回のパーティーは、私とノア様の噂は嘘で、ノア様はエルザにべた惚れっていうのを世間に知らしめるためのパーティーなんだからね？」

今朝から言われ続けた言葉を、パーティー直前でまたベティに念を押すように言われる。

今日は、私とノア様の結婚お披露目パーティーだ。これまた豪華な催しで、外国からも来賓があるとか。ローズリンドの上流階級の人々は、間違いなくほぼ全員集まるといっていいだろう。

「エルザ、聞いてる？」

「わかってるわ。でも、知らしめるってなにをすれば……」

パーティー開始前、私の部屋で最後の化粧直しをしながらベティと会話を続ける。ベティはパフで私の顔におしろいを一定のリズムでポフポフと優しくたたき込むと、にやりと笑った。

「なんにもしなくていいわ。今みたいに、エルザはされるがままおとなしくしていればいいの」

「されるがまま？」

「ええ。だって、ノア様が今日のエルザを見たら勝手に暴走してくれるだろうから」

ベティはドレッサーの鏡越しに私に微笑みかけると、パフとおしろいを片付ける。

鏡には、結婚の儀同様、侍女やそれぞれの分野のプロたちによって磨き上げられた自分の姿が映っていた。

今日は髪の毛をハーフアップにして、アクアマリンの天然石があしらわれたリボンモチーフのバレッタでとめられている。ドレスはノア様の髪色に似た、薄めのイエロー。前回とは形を変え、幼くなりすぎないようマーメイドラインのドレスに。身体のシルエットがくっきり出るが、首元が詰まった形なのでいやらしくならない。

「……なんだか今日の色合い、ノア様みたい」

目立つ小物はほとんどノア様の瞳の色のアクアマリンで揃えられているあたりも、わざとだろうか。鏡に映る自分を見て改めて呟くと、ベティが「それが狙いよ」と得意げに言う。

「ちなみに、今回のドレスや小物はエルザが選んだことにしているから、話を合わせてちょうだいね」

「えっ？　どうして？　たしかにドレス選びに同行はしたけど、ほとんどベティが勧めてくれたものでしょう？」

　小物は用意してもらったが、ドレス選びだけはベティと一緒に行ったのだ。そこで、ベティに絶対この色がいいと言われ選んだのが、今回のマーメイドドレスである。

「いいからいいから。あ、もうすぐ時間ね。ノア様が待ってるから行きましょ」

　ベティに言われて時計を見ると、パーティー開始の十七時はもう十分後に迫っていた。廊下を歩き大広間の入り口へ向かう途中、窓から外を眺めると、ぞろぞろと来賓が歩いているのが目に入る。遠目からでも私より美しい令嬢を何人も見かけて、自分がこのパーティーの主役でいることが急に恐ろしくなってきた。

　お客様が出入りするのとは別の入り口で、私はノア様と合流することになっている。数メートル先にある扉の前に立つノア様は、前回とは全然違う雰囲気の恰好をしていた。

　深い紺色のタキシードの襟元と背中には、夜空に星が輝くように繊細な刺繍が施されている。腰回りがほどよく絞られているせいか、スタイルのよさがいつもより際立ち、足の長さが強調されていた。前髪を上げている影響で、普段より男っぽさが増して……ついでに、色気も増しているような。

結婚の儀の時も見惚れたが、今回も同じように惚れ惚れとする。既にノア様の正装姿に視線を奪われながらノア様と合流すれば、ノア様が私を見て目を見開いた。

「……可愛い」

「えっ？　あ、あの、似合ってますか？」

開口一番に褒められたのは、嬉しくもあるが恥ずかしい。ノア様は私の質問に何度も頷いて、私がノア様に向けているであろう眼差しと同じ視線を私にぶつけた。

「ベティから、ドレスは君が選んだと聞いて楽しみにしていたんだが……その色にしたのか」

ベティは既に、ノア様に半分嘘の情報を吹き込んでいたようだ。さすが仕事のできる侍女。ぬかりがない。私は心苦しさを感じつつ、ここは話を合わせることにした。

「はい。あ、後ろのバレッタも見てください。こっちはノア様の瞳の色なんですよ。なんだか、全身ノア様の色って感じで恥ずかしいですけど」

ノア様の前でくるりと回って全身を見せると、ノア様が私の腕を引き寄せる。そのままぽふんとノア様の胸に飛び込む形になってしまい、私は不意打ちの抱擁に動揺を隠せなかった。

「……そうだな。こうして抱きしめていない時も、俺が君を包みこんでいるように見えて嬉しい。もしかして、エルザもそういうイメージで選んでくれたのか?」

「……えっと、たぶん?」

私というより、ここまですべてベティの計算だろう。ノア様は満足そうな笑みで私を見つめてきて、目線から嬉しさがダダ漏れしている。このまま見つめられては、私もなんだかおかしくなりそうで耐えきれない。

「ノ、ノア様だって、今日も素晴らしいですよ! いつもより大人っぽくて……私、今もすっごくドキドキしてます」

ここまで密着していれば、ノア様に心臓の音が聞こえているかも。でも、ノア様の心臓もまた、大きく、そして早く脈打っているのが伝わってくる。

「そうか。君のために着飾ったから嬉しいな。それなら……もっとドキドキさせてもいいか?」

ノア様は私の頬に両手を添えて、自分のほうへ向かせる。優しいだけじゃない、熱のこもった眼差しに射抜かれると、時間が止まったような感覚に陥る。ノア様が近づいてくるのがわかって、このままでは唇が触れてしまうほどの距離になるとわかっていても、ノア様の瞳に吸い込まれて動けない。

「ストーップ。そこまで、おふたりさん」

あと数センチでキスされる。そんなギリギリの状況の中、ムードを一気に変えるような軽快な声が響いた。この声はアルベルト様だ。

「あのさ、ほかにも人がいるから周りを見てくれると嬉しいな。それと、もうとっくにパーティー始まってるから」

笑顔だが、その裏に若干の苛立ちを含んだ様子でアルベルト様は言う。

我に返って周りを見ると、赤面した侍女や執事たちが私たちから一斉に目線をそらしている。

――私ったら人前で我を忘れるなんて！

猛烈な羞恥を抱える私とは裏腹に、ノア様はアルベルト様に邪魔されたことに怒っているようだった。……これは、ベティの言う暴走が既に始まりかけている気がするような。

「気を取り直して、今日は楽しもう。エルザ」

「はいっ！」

ノア様に手を差し出され、私は贅沢なエスコートを受けながら大広間へと向かう。

私たちが姿を現した瞬間歓声が沸き起こり、会場は一瞬にして、ノア様という主役を称えるための場所と変わる。すべての目がノア様に引き寄せられるように集まって、その後……私には、どこか哀れむような視線が寄せられた。

「ああ、あの子が噂のお飾り妻……」

「学園時代、ずいぶん冷たくされていたらしいわよ」

わざと聞こえるように、そばにいる令嬢たちが言う。やっぱり、世間ではまだそう思われているのよね。

「気にするな」

すると、ノア様がすかさず私にそう言った。

「今日で、君が俺のお飾り妻なんて噂はなくなる。彼女たちが君を見る目も、俺が一瞬で変えてみせよう。それと——俺がベティと恋人だなんて忌々しい噂も闇に葬り去らないとな」

さっきのアルベルト様のように、ノア様も笑っているようで笑っていない、そんな笑みを浮かべた。

もう世間では浸透していることなので、結婚発表や私たちの紹介は手短に済まされる。そのあとはノア様の挨拶周りに同行しながら、私はとにかく隣でぎこちなく微笑んでいるだけ。

そんな中、ひとりの見知った令嬢が私とノア様のもとへ挨拶にやって来た。彼女は侯爵令嬢のフリーダ様。つい最近まで同級生だった令嬢だ。そして……誰よりもノア様に熱烈アプローチをしていた令嬢でもあった。一時期、ノア様と婚約したって噂が流れていたが……私と結婚しているため、あれは嘘だったのだろう。

「お久しぶりです。ノア様。あと、エルザも……いえ、もうエルザ様、ですわね」

腹の底では、私なんかを様付けで呼びたくないというその思いが、棘のある言い方や私を見る目つきに出ている。私は逆に、立場が上になったとて、今さら彼女を呼び捨てで呼ぶことはできない。

「おふたりが結婚するなんて、びっくりしましたわ。まさに青天の霹靂。……エルザ様、いかがです？　お飾りになってまで、ノア様の妻の座を手に入れたご気分は」

持っている扇子で口元を覆いながら、小声でフリーダ様が言った。面と向かって言われるのは初めてで、私も驚きで心臓がヒュッとする。だが、隣にいるノア様は待ってましたといわんばかりにフリーダ様の言葉に口角を上げた。

「フリーダ。君がその話題に触れてくれて助かった。やはりまだ世間では、真実を知られていないことがよくわかったからな」

「あらノア様。まさかここで、本当の恋人は侍女だということを宣言してしまいますの？　そんなことをしたら、彼女の立場が……」

「はっきり言わせてもらう。俺は元専属侍女のベティーナとはなにもない。その証拠に、俺の申し出で専属契約を破棄させてもらった。俺が昔からずっと好きだったのは――正真正銘、エルザだけだ」

ノア様は大広間のど真ん中で、周囲に見せつけるように思い切り私を抱き寄せて高らかに宣言する。

「……は？　ノ、ノア様？　なにを仰いますの？　在学中、あれだけエルザ様を避けておられたのに」

「それは彼女を好きすぎた故に起きた、俺の大きな過ちにすぎない。エルザはお飾りなんかじゃない。それは今から、俺が行動で証明してみせる」

周囲からどよめきが起き、私へ向けられる視線の種類が一変したのを肌で感じる。哀れみから羨み、嫉妬、驚き……だが、変わったとて決して気持ちのいいものではない。集中する眼差しがこう語っている。〝なぜあなたなの。ちっとも釣り合っていない〟と。私ですら同じことを思っている。

「ノ、ノア様、もういいですから」

これ以上ノア様が私への気持ちを語り出せば、よけいに令嬢たちから反感を買うことは目に見えている。ノア様を止めようと両手を胸の前に掲げると、ノア様はどういうわけか私の両手を掴み、そのまま指をぎゅっと絡ませた。

「どうしたエルザ、俺と手を繋ぎたかったのか？」

「い、いや、違――」

「君が望むなら、永遠に繋ごう。俺の可愛いお姫様」

そう言って、ノア様は跪《ひざまず》くと私の手にキスを落とした。周りから黄色い悲鳴があがり、あまりの声の大きさに鼓膜がビリビリと刺激される。

「ノア様、人前ですよ？　さっきアルベルト様にも周りを見ろって……」

「この件に関しては、見せつけて納得させるしかない。俺は疑いを晴らすためなら、幾度でもここでエルザに愛を示す」

ダメだ。ベティの言う通り、私がなにもせずともノア様は暴走している。ちらりと会場の隅で待機しているベティの様子を窺うと、俯いてめちゃくちゃに肩を震わせていた。あれは完全に爆笑しているに違いない。

「そ、そんな……ありえないわ……」

フリーダ様は顔を真っ赤にして、悔しそうに親指の爪を噛んだ。そして「このままでは終わらせないから！」という捨てゼリフを吐くと、これ以上私たちを見ていられなくなったのか、長い髪を振り乱して去っていく。

「エルザ」

ノア様は無礼に去りゆくフリーダを止めるどころか見向きもせずに、機嫌のいい声色で私の名前を呼んでこう言った。

「これですべての誤解が解けたな。よかった」

無邪気に笑うノア様から、在学中の冷たい眼差しは微塵も感じられず……それどころか、ノア様はこんなふうに笑うのかと、会場内がまたざわつき始める始末だ。

「同じ男だからわかる。あれは完全に相手にベタ惚れしている時の笑顔だ」

「たしかに、あの侍女といる時は笑っていなかったもんな……」

信じたくなさそうに表情を歪ませる令嬢たちとは正反対に、令息たちはすんなりとノア様の宣言を受け入れた。やたらと説得力のある言葉は伝染するように辺りに広まり、なぜか登場時と同じ盛大な拍手が大広間に沸き起こり、私はノア様の隣で委縮することしかできなかった。

私を含めての挨拶回りが一段落済んだところで、私は少し遅れて王宮に到着した家族と久しぶりの団らんを楽しむ。ノア様個人への挨拶の列はやみそうもなく申し訳ない気持ちもあったが、ノア様が「家族のところへ行ってやれ」と心遣いを見せてくれたので、遠慮なくそうさせてもらった。

「姉さん、すっごく綺麗だね」

アルノーは私に何度もそう言って褒めてくれる。アルノーもう十五歳。来年には学園に入学する歳だ。ノア様のおかげで家庭教師をつけてもらえたようで、学園入学前に行われる実力を測る学力テストで一位をとるのだと意気込んでいる。それで伯爵家がたいへんだった時に私を馬鹿にした令息たちを見返すのだとか。

楽しげに話す弟を見て、お父様やお母様も私と同様自然と笑みがこぼれている。こうしていると、私だけ血は繋がっていなくとも、本当の家族だと思えた。

「あ、お母様、グラスが空になっているじゃない。私がなにかもらってくるわ」

「あら。本当？　ありがとう」

私はお母様からグラスを受け取ると、ひとりで輪を抜けてワインが置いてある場所へと向かう。お母様は甘口の赤ワインが好みなので、会場に常駐している王宮のソムリエに頼んでおすすめのものを用意してもらうことにした。

「エルザ様、すみません。在庫が足りなくなったため、一度キッチンに戻って大丈夫でしょうか？　すぐに戻ってまいります」

「全然構わないわ。むしろそこまでしてくれてありがとう」

「いえ。本当に美味しいので、ぜひエルザ様のお母様にも飲んでいただきたいです」

そう言って、足早にソムリエはキッチンへと向かう。

私はひとりで彼の帰りを待つ間、会場中の様子をざっと眺める。そして視線は自然と、ノア様の姿を捉えたところで止まった。

……ノア様の周り、ものすごいご令嬢の数ね。

ベティと恋仲になかったこと、妻となった私が近くにいないこと。それらを踏まえ、今がチャンスといわんばかりにノア様に群がっているのは、みんなこの会場でもひときわ目立つ容姿やスタイルを持った令嬢ばかり。

そりゃあそうだ。自分に自信がなければ、私という妻が会場にいるというのにあんなにノア様にアピールしないだろう。私相手ならいけると、そう思われても仕方ない。

……あれ。なんでだろう。今までだったらなんとも思わなかったはずなのに、これ以上、ノア様がほかの令嬢に笑いかけているところを見たくない。

学生時代から変わらない、分け隔てのない王子スマイル。ノア様にとってあれは愛想笑いかもしれないが――ずきりと胸が痛むのは気のせいなのか。

その時、私の背中に誰かがぶつかって、どんっと軽い衝撃を受けた。

「も、申し訳ございません！　お怪我は？」

僅かによろめいた私の身体を、振り返ってすぐに支え心配してくるその男は――。

「……ユベール！」

二回前のループで私が婚約した男爵令息、ユベールだ。

彼は自らの所有する領地で万病に効く薬草を見つけ、薬の出回りが少ない近隣国へそれを輸出し商売を成功させた若き凄腕の商人でもある。私との婚約が決まってからは、新たな薬の開発に勤しんでいたっけ。とにかく勉強熱心な青年だった。

「？　どうしてエルザ王太子妃が私の名前を？」

急に、しかも呼び捨てで馴れ馴れしく名前を呼んだせいか、ユベールは困惑した表情を浮かべる。

そうだ。いくら私が覚えていても、今世で私と彼にはなんの繋がりもないんだ。

「それは……その……」

うまい言い訳が思いつかず言い淀んでいると、ユベールはそんな私を見てくすり笑った。

「まぁ、なんでもいいです。名前を覚えてもらえるのは光栄なので」

よかった。ユベールは薬作りには細かいけれど、ほかはあまり気にしないタイプだった。

「お怪我はないですか？」

「はい。どこも痛くありません」

「よかった」

ふわりと眉を下げて笑う仕草はなにも変わっておらず、私はつい懐かしく感じて、もう少しユベールと話してみたいと思った。この間まで彼と結婚する未来を歩んでいたと思うと、変な感じがする。正直、薬の開発に夢中だった彼と親密に時間を共に過ごした記憶はほぼない。それでも、薬作りを私が手伝うという条件さえ守れば、家族にも私にもよくしてくれていた。

「あの、よかったらもう少し――」

せめてワインが届くまでの時間、ユベールをお喋りに誘おうとしたら、今度は背後から長い腕が伸びてくる。気づけばその腕は私の首の下に絡みつき、鼻をかすめた清廉な香りでこの腕の主が誰かわかってしまう。

「エルザ、お待たせ」

「……ノア様」

「家族のところへ行く許可は出したが、この方は誰だ？」

振り返ろうとした首が、ノア様から発せられる低音を聞いて前へと戻る。

「君の弟にしては、ずいぶん成長が早すぎる気がするんだが……」

アルノーでないことは、見たらわかっているはずなのに。敢えてはっきり言わないのは、私の口から言わせたいためか。この男とどういう関係なのかと。

「彼に誤ってぶつかってしまい、心配していただいたので少しお話をしていただけです」

真実と嘘を織り交ぜ、いちばん穏便に済みそうな返事をした。ユベールのほうからぶつかったとなると、仮にも王太子妃のため、ノア様が変な因縁をつける可能性も考えられたため、ここは私からにしておく。ユベールはそんな私の意図を汲み取ってか、瞳だけで私に感謝を伝えているように見えた。

ノア様はしばらくなにも言わず、だが私を離そうとはしない。ノア様に後ろから抱擁される私と、そんな私に向き合うユベール。そんなよくわからない光景を見て勝手にギャラリーたちが修羅場かなにかと勝手に盛り上がり出したところで、ノア様がようやく口を開いた。

「そうか。俺の妻が世話になったな」

〝俺の妻〟という部分をやたらと強調してそう言うと、ノア様は私の腕を強引に掴んでどこかへ歩き出した。

「ノア様⁉　どこ行くんですか⁇」

「行けばわかる」

たくさんの来賓をかき分けて——というより、みんながノア様のために道を開け、そこを私たちはずかずかと進んでいく。いったいどこへ連れていかれるのか。すると、大広間出口にベティが立っているのを確認した。

「ベティ、一度例の部屋へ行く」

「はい。かしこまりました。使うと思ったので掃除は私が済ませておきましたので」

「助かる」

「ではごゆっくり」

ノア様は通りすがりにベティと会話をすると、私の腕を掴んだまま大広間を出て行こうとする。ベティに目だけで助けてと訴えるも、ベティはそんな私を見てにやにやと笑うだけだった。……絶対にこの状況をおもしろがっているわね。

あ、そうだ。お母様を待たせているのを忘れていたわ！　私は振り返ってベティにワインの件だけ早口で告げると、ベティも理解してくれたようで、大広間を出るギリギリになんとかワインの件を引き継ぐことができた。

ノア様は大広間を出て右に真っすぐ、ふたつめの部屋に到着すると足を止める。……ん？　そういえば、ノア様っていつもベティと定期的に大広間から出て行ってたわよね。その時も、いつもこの部屋で休んでたのかしら。

中に入ると、そこはノア様の自室とはまた別のプライベートルームのようだ。リックもいなければ、部屋もそんなに広くはない。とはいっても、普通よりは広いしベッドもダブルサイズはある。

ノア様に促されるまま、シーツに皺ひとつないふかふかのベッドに並んで腰かけると、ノア様がぽつりと呟く。

「ここに君と来るの、変な感じだ」

「……ノア様って、この前もパーティー中一時退席していましたよね。いつもはベティと来ていたんですか？」

「……よく見てるな」

感心したように言っているが、ノア様はいるだけで目立つので、ほとんどの人が見ていたと思う。見ていたからこそ、ベティと密会しているとかあらぬ噂を立てられたのだ。

「そうだ。俺はいつもベティとここで――」

言いかけた最中、ノア様の顔が急に赤面していく。どうしたのだろう……？　ま、

まさか、このベッドでベティと……⁉　恋仲ではなくとも、そういう大人の関係ってこと⁉

そう思うとなんだか生々しく感じる。それと同時に、胸のざわめきが私を襲った。

なぜか、これ以上ノア様の口からその事実を聞きたくないと思ってしまう。

「い、いいですノア様、そんなプライベートな話、私聞きたく──」

「恋の話を、していた」

「……こい？」

私が聞きたくないと言うより早く、ノア様が口を開いた。

明日からどんな目でノア様とベティを見たらいいのと思った矢先、頭で思い描いていたのとはまったく違う話題が出て唖然とする。こいって、恋よね？　それとも内容の濃い話的なことかしら？

「ああ。ベティはいつも俺の相談に乗ってくれて……この前のパーティーでは、どうやって君に話しかけるべきか、ここで話していた」

「私の話、ですか？」

「当たり前だ。恋の話といえば、君が話題の中心になるだろう。俺は君に恋をしていた──いや、今もしているが」

つまり、ノア様はここで私の相談をベティにしていたと？　ベティがノア様に恋愛相談をされていたという話は聞いていたがここで実際に行われていたのか。たしかにここなら誰も来ないし、会話を聞かれることはない。

「そして今、ここにベティがいたとしたら、俺はこんな相談を持ちかけただろう。……エルザはさっき話していた男に、気があるのではないかと」

「さっきのって……ユベールですか？」

まだ彼のことを引きずっていたのか。ノア様の執念深さは身をもってよく知っているが、こんな場面でも知ることになろうとは。

「あいつの前で笑う君は、いつもよりこう……自然だった。それを見ると、心臓が苦しくなった」

人前ではあんなに凛々しく、王族の風格を周囲に見せつけていたと言うのに。私の前では子供のような顔で、嫉妬心も隠すことなく曝け出してくる。みんなはノア様のこんな姿を知らないのだと思うと、私だけ特別なのだとノア様にわからされている気分になる。

「彼の前で自然だったのは……昔、親しくなった人に似ていたからです。別に気があるわけではありませんよ」

「昔親しくなった人？　そんなやつの話、聞いていない」

「親しくというか……孤児院でお世話していた、赤ちゃんです！　可愛い赤ちゃんを見ると顔が勝手にふにゃって綻ぶでしょう！　それと同じ原理です！」

そう言うと、やっとノア様は納得したように頷いた。前世で結婚予定だった男性なんて言えば、ノア様に頭がおかしいと思われる。しかしその結婚を叶わなくしたのはノア様なのだ。もちろん、目の前の彼にその記憶はないとわかっている。今世のノア様とこれまでのノア様は違う。一緒にしてはいけない。

「じゃあ、好きではないんだな」

「はい。ちっとも」

「ならいいけど……エルザ、俺は嫉妬深いから、今度からは気をつけて」

「……気をつける？」

「俺の前で、あんまりほかの男に笑いかけないでほしい。君にその気がなくたって、向こうがその気になる可能性がある。だって君は世界でいちばん可愛くて素敵な女性だ」

みんなにとって、私がそんなふうに見えているわけがないのに。実際ユベールだって、私にこんな甘い囁きをくれたことはない。私が笑いかけるより、私が薬の試供品を試した時のほうが嬉しそうにしていた。

「たとえばもし——エルザがほかの男と結婚なんてしていたら、俺はなにをするかわからなかった」

「……！」

そう言うノア様の瞳から、光が消えている。

——まさかノア様が私を殺していたのって、私がノア様以外の人と結婚したから……？

そう思うと、いろいろな辻褄が合うことに気づく。

だが、ノア様ほどの人がそんな理由で自らの手を赤く染めるのか？と疑問も抱く。

「……私も、たとえ話をしてもいいですか？」

「なんだ？」

「私がノア様以外の人と結婚したら……ノア様は、私を殺しますか？」

あまり真剣になりすぎないよう、だけど軽くなりすぎない塩梅で、私はノア様に問いかける。相変わらず輝きを失ったままのアクアマリンは大きく揺れて、そのあと、ノア様は自嘲するように笑った。

「まさか。大事な君を手にかけるなら俺が死ぬ。たとえ君が俺に殺してと願っても、それだけは聞き入れられない」

私からノア様にそんなことを頼むことは、この先もないだろうけど……。私はどんなにつらいことがあっても、生きたいと思った。生きたいと思ったからこそ、ここまで諦めなかったのだ。

「もし君が自ら死を選ぶ時がきたら、俺はこの世界を恨むだろう。君と俺が結ばれないだけでなく、君が死にたくなるような世界なら、いっそなくなればいいって。……なんだか暗い話になったな。エルザ、怖い質問はやめてくれ。ただ俺は君がなにより大切で、失いたくない」

「ご、ごめんなさい」

ノア様は話すたびに気分が落ち込んでしまったようで、私は変な質問をしてしまったことを後悔する。

今の話だと、ノア様はなにがあろうと私を殺さない、といった感じだったけれど……ノア様は、私になにか嘘をついている？　それとも、実際私がほかの人と結婚すると頭に血が上って、私を殺《あや》めてしまった？　ううん……まさかね。

いくらノア様が嫉妬深いといえど、それだけで人殺しはしないだろう。私は頭に浮かんだひとつの可能性に蓋をして、見て見ぬふりをすることにした。

「それで、俺の頼みは聞いてくれるのか？」

話題を引き戻されて、私はなんのことだっけと首を傾げる。私のとぼけた顔を見て、ノア様は少しむっとした顔をした。

「ほかの男に笑いかけないでほしいって言ったろう」

「そんなの、ノア様にも言えることです。というかさっきの言葉、そっくりそのままお返しします。ノア様にその気がなくとも、あなたが僅かに微笑むだけで、みんなノア様を好きになっちゃう」

在学中だって、ノア様に微笑みかけられて目がハートになっていく令嬢を何人も見てきた。

「前も言っただろう。俺は気のない相手にこそ、愛想笑いが得意なのだと」

「ノア様はそれを理由に、これからもたくさんの女性に笑いかけるということですね？」

言い訳されたことに、私もなぜかカチンときてしまい、強めの口調で言い返してしまった。

「……驚いた」

「なにがですか」

私がこんな我儘を言うことに、ノア様も呆れたのだろうか。

「君はほかの女性に嫉妬するほどには、俺を恋愛対象として見てくれているんだな」

にやりと口の端を上げて、ノア様は笑った。私は図星をつかれたことで、餌を待つ魚のように口をぱくぱくとさせる。

ノア様の言う通りだ。ほかの女性に笑いかけることに嫌悪感を抱くなんて、恋心が動いているとしか思えない。さっきも、ここでベティと密会していたのかと思うと……ものすごく寂しい気持ちになった。こんなこと、今まではなかったのに。

そもそも、私は幼い頃一度ノア様に好意を抱いた経験がある。だがたとえそういうアドバンテージがあったとしても、自分を殺した相手を好きになるなんて。

心で否定しようにも、身体は正直になることを訴えかけるように私の鼓動が早くなる。だけども、私はノア様を好きになることが怖い。一度彼の沼に嵌ってしまえば、せっかくループから抜け出して手に入れた今の生活が、平穏でいられなくなるようで。

「……私は、ノア様を恋愛対象で見ているんだと思います。だけど」

「……けど？」

「ノア様を好きになるのは、怖いです」

彼は、好きになってもいい相手なのか、私にはわからない。だがその危うさが、私を惹きつけていることも否定はできなかった。

「俺も怖い。君をこんなにも好きでいる自分のことが」

「ノア様も？」

「ああ。エルザとは別の恐怖かもしれないけれど。……エルザの怖いっていうのは、不安に近いものだと思う。君の瞳が、そう訴えてる」

ノア様は親指で私の目尻を涙をぬぐうように優しく撫でた。

「俺はなにがあっても、エルザだけが好きだ。君が望むなら、君以外の女性とは口をきかなくたっていい」

「それは……仕事に影響が出るような」

「それくらいの覚悟ってことだ。エルザが不安になることはなにもない。いつか、俺が君の怖さを取り除くことができれば——俺のことを、愛してほしい」

切なげに瞳が細められ、長い指は耳を辿って私の手のひらの上へと落ちていく。

このままなにも考えず、ノア様を愛せたら。なにも疑うことなく、この手を握り返せれば。

「なにか不安に思うなら、いつでも言ってほしい」

念を押すようにノア様に言われる。ここまできてしまえば、もうノア様の想いが嘘だとか、そんなことは思わない。彼が私を想う気持ちは、結婚してからの視線や態度で痛感している。私がどんなに小さな不安を口にしても、ノア様は真剣に、私に寄り添った答えを考えてくれるだろう。

だが、『あなたに殺された過去がある』なんて言えなかった。

……もしその事実をノア様が知ったら、私たちは、どんな未来を辿るのだろう。

9　夢の中で

「確実にエルザちゃんはノアに気があるね」

「ええ！　私もそう思います！」

パーティー後、俺の部屋に自然と集まったベティーナとアルベルト。ふたりは盛大な祭りのようなパーティーの余韻を引き摺ったまま、興奮気味に俺に詰め寄った。

「そうか？　別にいつも通りだったと思うが」

ふたりに散々〝完全に脈あり〟だと言われ、内心俺も浮かれていたのは事実だ。しかし敢えて平然を装ってソファにどさりと腰掛けた。

「エルザちゃんがノアを見る目が、前と変わっていたよ」

「ノア様がほかの令嬢に挨拶されている時のエルザ、無意識に拗ねてて可愛かった……」

思い出すように、ベティが両手を頬にあててうっとりとしている。……エルザ、表情に出るほど拗ねていたのか。想像しただけで可愛い。くそ、俺も見たかった。話しかけてくる娘たち越しにエルザを見ていたが、さすがに位置によってはうまく見られない時もあったのが悔やまれる。

「やっぱりノアが素直になったのがよかったんだね。僕たちにも感謝してほしいな。なにかご褒美くれてもいいんじゃない？」

アルベルトがソファの背もたれに膝をつき、後ろから俺をからかうように覗き込んでくる。

「お前がエルザに触れたことは今でも許してない。よって褒美はなしだ。どうしても欲しいなら仕事の量を増やしてやろう」

「うわっ。まだ根に持ってる……ノアの執念深さは異常だな」

「ノア様はネチネチしていますからね。見た目からは想像できないほどに。まぁ、私は今日ノア様との変な噂が払拭されたので大満足です」

「……おいベティーナ、ところで君はこんなところで油を売っていていいのか。君はもうエルザの専属なんだぞ」

「エルザは疲れたようで、さっき寝てしまいました」

……今日は朝から準備で忙しかったからな。お披露目会ってこともあり、エルザも気を張っていたのだろう。ようやく肩の力が抜けて安心したのかもな。

「それでノア、もうエルザちゃんとキスくらいはしたの？」

「……なんだいきなり」

突然そんな話題を振られ、俺はどきりとする。

「だって、夫婦だよ？　キスなんて恋人同士じゃなくてもするんだから、さすがにし
ただろ？」

「俺をお前みたいな軽い男と一緒にするな。俺はアルベルトのように女性自体が好きなわけではない。エルザが好きなだけだ」

「はいはい。それで、実際どうなんですか？　エルザに聞いてもきっと恥ずかしがって教えてくれないだろうし……」

このままでは俺とアルベルトの口喧嘩に発展してしまうと思ったのか、ベティーナが俺を逃がさないと言わんばかりに話題を引き戻す。こいつらも所詮、ほかのやつらと同じで他人のあれこれが大好きなんだな……。悪趣味だ。

「……キスはした」

俺が答えると、ベティーナは両手で口元を押さえ、アルベルトはヒューと囃《はや》し立てるように口笛を吹く。

「手と、額に」

そのまま俺が続けて言うと、途端にふたりの表情が曇る。なんだその、期待外れみ

たいな顔つきは。

「ノア、冗談やめろよ？　普段、もういろいろな経験してますみたいな澄ました顔して歩いてるくせに、唇にキスもできないってどういうことだよ。それでも男か？」

「黙れ。大体俺はそんな顔で歩いていない。それに……俺だって本当は……」

エルザにもっと触れたい。もっと近づきたい。何度も何度も、俺の愛が彼女に伝わるまでキスがしたい。だが——。

「怖いんだ。とまらなくなりそうで。エルザを大事にしたいのに、たまに彼女を俺の愛で壊してしまうのではないかと思う時がある」

なぜそんなことを思うのか、自分でもよくわからない。大事にしたいの裏に、壊れるほど愛したいという危険な欲が、俺の中にあるということなのか。

「エルザに嫌われたくない。彼女に嫌われたら俺は死ぬ」

「……ノアがこんなに重い男だって世間にもエルザちゃんにもバラしてやりたいよ」

アルベルトは呆れたようにやれやれと肩をすくめた。

「私としては、ノア様が慎重にエルザを大事にしてくれているのは、少し好感度が上がりました。ほんの少しだけ」

わざわざ語尾に付け足さなくてもいいのに。ベティーナは親指と人差し指の間に数ミリ程度の隙間を作って俺に見せつけてくる。そんな隙間程度の好感度なら別に上がったところでなにも変わらないと思うが。

「あっ。そういえば、ノアに話したいことあったんだよね」

「なんだ？　俺のプライベートなことなら、これ以上はなにも答えないぞ」

腕と足を組んで、俺は横目でアルベルトを見た。

「いや、もう質問はしないさ。今日エルザちゃんが話していた男——ユベールだっけ。フランケ男爵家の」

「名前は知らないが……ふたりで立ち話をしていた男だよな？」

「そう。嫉妬にまみれたノアにエルザちゃんとの時間を邪魔された哀れな男だよ」

どこに哀れむ要素があるか不明だが、とりあえずよけいな口を挟まずに話を聞く。

「彼、爵位は高くないけど薬草の事業を成功させて、ものすごくお金を手にしてるんだ。そのへんの伯爵家より全然力はあると思う」

見た目ではまだ二十代前半くらいに見えたが——若くして事業を成功させたのは、なかなかやり手な男だと評価はする。

「資産も得て余裕が出たから、この前の王家主催のパーティーから結婚相手を探しているらしいよ。そこで彼が最初に目をかけていたのは……エルザちゃんって噂」

「エルザ？　なんでだ。やはりあのふたり、関わりがあったのか？」
「いいや。単に、タイプだったんじゃない？　実際、この前のパーティーでユベール
がエルザちゃんをずーっと見ていたらしいよ。彼が話しかける前に、エルザちゃんは
ノアとどっか行っちゃったみたいだけど」
「……それを俺に話した理由は？」
「あの時ノアが婚約を決めなければ、もしかするとエルザちゃんはユベールと結婚し
ていたかもねって。そう思うと、エルザちゃんがノアに話しかけたのって奇跡だよ
ねって改めて思ったんだ」
　アルベルトにその話をされた瞬間、急に頭がずきりと痛む。同時に、ユベールとエ
ルザがふたりで仲睦まじく話している様子を眺めている俺の記憶が蘇ってきた。……
これはなんだ？　こんな光景を見る前に、俺はふたりの邪魔をしに行ったはずなのに。
いったいいつの記憶なのか。はたまた、俺の妄想なのか。
「無駄話は終わりにして、ここから本題。ノア、フリーダ嬢は厄介だぞ」
「フリーダ……？」
　頭痛に眉をひそめながら、俺はなんとか返事をする。
「彼女、相当ノアに惚れこんでいただろう。国王様と親睦のある父親に頼んで、どう

にかノアと結婚しようとしたりさ」

「ああ、そんな話もあったな」

父上に一時期、フリーダとの結婚を執拗に勧められたことがある。彼女の実家、トイフェル侯爵家は多くの鉱物資源を持っており、それらは加工や取引に使われ国にとっても重要な資源。そんなトイフェル侯爵家とこれからも友好的な関係を築くため、父上は結婚の申し出を受けたかったに違いない。

俺は断固として拒否したが、二十歳までに結婚を決めなければ強制的に結婚させると言われていた。だから俺はそれまでに、必ずエルザと……と思っていた。

「彼女、どうせノアはベティーナと別れないと思っていたから、二十歳になるのを余裕で待っていたんだよ。ノアが侍女を好きな限り、ほかの女と結婚するはずがないって。その予定が狂った挙句、相手は格下に見ていたエルザちゃん。彼女の高すぎるプライドが黙ってないだろうね」

「なるほどな。トイフェル侯爵家の動きには気をつけておこう」

話が一段落したところで、ベティーナとアルベルトはそれぞれ俺の部屋から出て行った。

……さすがに俺も疲れたな。

灯りを消した部屋でひとりでベッドに横たわりぼーっとする。疲労感に身体を蝕まれながらも、今日のエルザのドレスアップ姿を思い出すと自然と口角が上がった。まさに俺色に染められているかのようだった。

最後は嫉妬心まで露わにして……ああ、可愛い。今すぐエルザの部屋に行って、華奢な身体を抱きしめて一緒に眠りにつきたい。

「……はあ……エルザ、好きだ……」

誰もいない部屋でひとり愛の告白をしてしまうほど、俺の脳内は君に侵されている。正式に結婚して、夫婦になってからも、俺はエルザへの想いが募るばかりだ。俺は死ぬ瞬間まで君に恋い焦がれ、死んでもなお、君を想い続けるだろう。

こんなだから、アルベルトやベティーナに俺の愛は重いとからかわれるのもわかっている。だが、俺にとってはこれが普通なのだ。

『ノア様を好きになるのは、怖いです』

その時、エルザが不安げな表情で俺にそう言ったのを思い出した。

人の本心を知る方法はどこにもない。よって、エルザが抱く怖いの意味を、俺は知ることができないが――もし、俺のこういった愛の重みがエルザになにか恐怖を植えつけているのなら。そう思うと、胸が痛む。だけど俺は、君への想いを制御する方法がわからない。

『私がノア様以外の人と結婚したら……ノア様は、私を殺しますか？』

──あの時エルザにした返事は本心だ。否、本心のつもりだ。

しかし、実際そうなっていたら……俺はどうした？　自分に問いかけると、またひどい頭痛に襲われ、俺はその痛みに誘われるように眠りについた。

その夜、俺は夢を見た。

エルザが別の男と結婚し、それに絶望してエルザを殺してしまう夢。しかも一度だけでなく、何度も。俺は彼女の身体に剣を刺し、そこから溢れる血で視界を染める。

「っ！」

あまりにリアルな光景に飛び起きる。夢なのに、全身に浴びる返り血が温かかったのは気のせいか。

恐る恐る両手を見つめるが、俺の手は真っ白なままで汚れていない。だけども、なぜかひどく汚れているように見える。

──それから俺は五日間、同じ夢を見続けた。

「ノア様、最近お疲れですか？　パーティーが終わってから、顔色が悪いように見えますが……」

せっかくエルザとふたりで食事をしていても、エルザを手にかけた自分を思い出し、うまく笑えない。

「あ、ああ。たまっている仕事の処理に襲われて。心配させてすまない」

「いえ。ご無理なさらずに」

優しく微笑みかけてくれるエルザを見るたびに、俺がこの笑顔を壊すようなことをするわけがないと実感する。そうして安心すると、夜にまた、悪夢が俺を襲いにくる。

……そうだ。いっそ寝なきゃいい。

六日目の夜、連日の悪夢で頭がおかしくなりそうになった俺は、極端な答えに辿り着く。いつものように部屋の灯りを消しベッドに入るものの、目は開けたままでいた。

「エルザはノアを好きになっているはずなのに、どうしてなの！」

「しっ！　ノアが起きるだろう。大きな声を出すな。ピアニー」

すると、突然部屋の奥から声が聞こえてきた。……あそこは、いつもリックが寝ている場所だ。なぜそこから声がするのか。それに、ピアニーだと……？

近づくとバレそうなため、俺は寝たふりを続けて耳をすます。

「だって、約束は守られたんじゃあないの？　ふたりは幸せそうじゃない。リック様が解放されないなんておかしいわ」

「落ち着いて思い出せ。ノアの願いを。あいつは私に〝エルザの幸せ〟……詳しく言うと、〝自分がエルザを幸せにすること〟を願った」

えらく落ち着いた大人の男の声が聞こえる。初めて聞くはずなのに、懐かしい。自分の部屋から不審者の声が聞こえるというのに、なぜかこの声だとわかると安心している。……だけど、なぜこの声の主は、俺の願いを知っているんだ？　俺が幼い頃神と精霊の庭で、神様だけに願った秘密の話を。

「エルザはまだ、ノアの全部を知らない。それゆえに、ノアのすべてを好きになれない。ノアがエルザを幸せにするには、エルザにノアのしたことを知ってもらう必要がある。……これは俺の予想だが、エルザはたぶん、ループの記憶を引き継いでいる。なにが原因でそうなったかは不明だ」

「エルザが……⁉」

「ああ。途中から、どうもエルザの行動はおかしいと感じていた。今回ノアと結ばれたのもただの奇跡なんかじゃあない。エルザ自身が起こしたのではないか。死のループを逃れるために」

「そ、そんな。じゃあ、エルザはノアと幸せになんて……」

「それはわからない。だがどちらにせよ、ノアがすべてを思い出し、エルザに伝える必要がある。そのノアをエルザが受け止めてくれれば――全部終わる」

……さっきから、なにを話しているんだ？

もはや、現在進行形で夢を見ているのではないかと勘繰ってしまう。

「残った力をお前に渡す。俺の時魔法とお前の夢魔法をかけ合わせて、ノアに過去のすべてを夢の中で教えるんだ。できるな？　ピアニー」

「で、でも、もし失敗したら、もうリック様の力が……」

「放っておいても、このまままたループを繰り返せばいつかは滅ぶ。だったらこのチャンスに私は懸けたい」

「……わかりました」

会話の聞こえる場所から、小さな光の玉が飛んできた。逃げ出せばいいのに、足が動かない。というより、俺は動かしたくないのかもしれない。

これが夢でないのなら、知りたい。俺も知らない、俺の過去を。俺の全部を。それが悪夢への解決に繋がっている気がする。それに……幼き俺の、今になっても変わらぬ願いが叶えられるならば、俺はなんだってする。

光が俺の頭上までやって来ると、突然身体が温かくなった。そのまま気を失うように、俺は目を閉じた。

10　途方もないループの果てに

俺はローズリンド王国の王太子として生まれ、幼い頃から、国の大事にしている神と精霊の庭の管理をしていた。管理といっても、週に一度結界を強化しなおし、庭の空気を神聖に保つという簡単なものだ。

ローズリンドの誇るこの庭は、世界が危機に陥った時の砦となるという伝承があり、この庭があるおかげで、国は外国から襲われることもなく平和が保たれている。神の棲む庭を汚すと、破滅を呼ぶとも言われているせいか、常人はそれを恐れ決して庭を荒らそうとはしなかった。たまに、そういった伝承を信じずに興味本位で庭の侵入を試みる者もいたが、結界に拒まれ中には入れない。

とにかく神と精霊の庭は、世界的にも神聖力が強く、神秘的な場所だった。俺自身もここへ来ると体中の魔力が漲る感覚を毎回覚えていた。

そんな神と精霊の庭には、ほかにも言い伝えがある。それは――稀に気まぐれで神様が願いを聞いてくれる、というものだ。

しかし、その対象は王家の血を引く者のみ。そしてその願いが切実で、本気であること。まるでおとぎ話によくありそうな話だ。

――本気の願いって、なんだろう。

まだ十歳にも満たない幼い俺は、庭へ来るたびにぼんやりとそんなことを考えた。

生まれた時から地位も権力も魔力も保障されている。努力さえ怠らなければ、ものすごく恵まれた環境だ。そんな自分が、神に願うほど欲するものがあるのだろうか。

上の立場から国を見て、既に達観していた可愛げのない俺は、そのまま成長し九歳になった。その頃には、庭の管理をひとりでするようになっていた。

ある日、いつものように庭へ向かい決められた仕事をこなしていると、突然庭の風が大きくざわめいた。常に静かで風の速度も変わらないこの庭で、初めて感じた大きな変化だった。

そしてそのざわめきと共に姿を現したのが……エルザだった。

風になびくダークブラウンの髪。庭を囲む木々たちが初夏に降らす新緑の色をした大きな瞳は、水滴に濡れた葉のようにきらりと輝いている。

彼女を見た時、思わず息を呑んだ。庭に棲む精霊が初めて俺の前に姿を現したのかと思った。同時に、感じたことのない胸の高鳴りを覚える。

説明するまでもなく、強烈な一目ぼれだった。

まだ名前も年齢も、人間かどうかさえわからなかった相手に、俺の心は大きく揺さぶられた。九歳といえど、王族や貴族ならそれなりに社交界へ顔を出している。いろいろな同世代の子女たちを見ていたが、こんな感情を抱くことはなかった。

庭へ入り、目を丸く見開いたまま俺を見続けるエルザに声をかけたところで、俺はやっと、エルザがローズリンドに住む人間なのだと確信した。なぜ王家の血を引かないエルザが庭に入れたのか、それは、彼女の心が綺麗だったからだろう。純粋で清い心の持ち主は、神に認められ庭へ入れるのだと聞いたことがある。

『僕は毎週水曜日にここに来るんだ。だから、また話そう』

初めてエルザに会った時、俺は彼女にそう言った。それからエルザと週に一回、庭の噴水の縁に座って話すようになる。

エルザは孤児院で暮らしているようで、毎日たくさんの友人に囲まれて楽しいと話していた。俺からするとたいへんな環境にあるようにみえたが、エルザはちっとも気にしていない。勝手なイメージで勝手に彼女に同情してしまったことを、俺はこのあとひどく反省することになる。

エルザとの時間は幸せだった。俺を窮屈な毎日から解放してくれた。エルザが俺を見つめる瞳は、いつも透明で純粋な眼差しだった。

一緒にいるうちに俺はエルザをどんどん好きになり、ついに、その想いはひとりでは抑えきれなくなってしまう。

『エルザ、俺のことどう思う？』

『ノアさまのこと？』

『ああ。ほら、好きとか嫌いとかあるだろう』

今思えば、この二択で質問するのはずるかったと思う。でも、エルザに好きだと言われたかった。

『好きです！』

好きな人に初めて好きだと言われた時の気持ちは——たとえどんな形だろうと、天にも昇るほどの喜びだった。

『じゃあ俺たち、将来結婚しよう』

『えっ……私がノアさまと？　……できるかな。ノアさまはすごい人だから』

遠慮がちに俯くエルザの頬は、僅かに赤くなっていた。

……しかし、その会話をした日を最後に、エルザは俺の前に姿を現すことはなくなった。

俺はその時、ショックだった。

どこかに引き取られたのかもしれない。だとしても、なにか言ってくれればよかったのに。

エルザにとって俺との時間はただの暇つぶしだったのではないか。まだ子供だった俺は、エルザの都合を考えられる余裕もなく、ただいじけていた。しかし時間が経つにつれて、自分の中の気持ちが変わっていく。そして辿り着いた先にあったのは、エルザがどんな場所に行っても、幸せでいてほしいという願いだった。

このままなにごともなく人生を歩めば、大抵のものは手に入る。神に願うほど絶対に叶えたい夢なんて、俺に存在するのか——なんて思っていたくせに。その願いが自分でない人の幸せを願うものだなんて、我ながら驚きだった。

『神様、どうかエルザが幸せになりますように。できれば……幸せにするのが、俺でありますように』

いつもエルザと話していた噴水で、俺はひとり願い事を口にした。すると、噴水に立てられた大きな獣の銅像がまばゆく光り、それは本物の獣へと変化する。

真っ白い巨大な狼のような獣は、自身をこの庭の神、セドリックと名乗った。

『セドリック……神様って、こんな獣だったのか？』

『不満そうだな』

見た目通りの低い声。神だから庭の目立つところに銅像として置かれていたのかと、今さら納得した。

『ノア、せっかくお前の願いを叶える手助けをしてやろうと思ったのに』

『えっ……本当⁉』

金色の瞳をギラリと光らせて、セドリックは頷いた。

するとセドリックは、願いを叶えるために運命を動かしたと俺に教えてくれた。なにをしたのかわからないが、それを聞こうとした頃には、セドリックは銅像に戻り動かなくなっていた。

それからすぐに、エルザがどこかの家に引き取られたという話を聞いた。それなりの貴族だと聞いて、俺は安心する。同時に……うまくいけば、学園でエルザに再会できるのではないかと期待した。

エルザが貴族の娘になったのなら、王家との結婚も難しくはないだろう。俺は将来、エルザが俺の妻となり王宮暮らしになる時に備えて、孤児院で仲のよかったベティーナという女性を王家の侍女として引き取ることにした。

時は経ち、十六歳。

エルザに会えず、だけども彼女への想いは変わらぬまま、俺はローズリンド王立学園へ入学することとなる。

そこで俺は、エルザと再会した。

一目見ただけでわかった。肩までだった髪は腰まで伸び、瞳には凛々しさが宿っている。立派なレディとなって俺の前に姿を現したエルザを見て、俺はすぐに声をかけようと思った——が、その瞬間、エルザと目が合ってしまい固まって動けなくなった。

たった七年、されど七年。

人間というのは成長し、大人になるにつれて、子供の時にできなかったことが容易くできるようになるかわりに——子供の頃のような素直さを忘れてしまう。人を変えてしまうことに関して、七年はじゅうぶんな時間だった。

エルザ以外の令嬢たちに適当に望まれるがまま愛想笑いを振りまき続けた俺は、久しぶりに再会した最愛の女性を前に、どういう顔をしたらいいかわからなくなっていた。それだけではない、なんて声をかければいいか、どう接したらいいか、すべてがわからない。

結局なにもエルザと進展しないまま、二年の月日が流れた。

彼女の実家がたいへんだという噂を聞きつけた俺は、身元を隠して彼女の進学費用を払ったりと、陰ながら勝手にサポートをさせてもらったものの……学園ではエルザを目で追うことしかできず、次第に最初は何度か交わっていた視線すら、一方通行で終わるようになる。

エルザから俺に話しかけてくることはなかった。もしかしたら、彼女はもうあんな子供の思い出なんて忘れているのかもしれない。それとも——俺が君の理想の俺に、成長できていなかったのだろうか。

声をかけて冷たくされるのが嫌だ。緊張して、かっこ悪い俺を見られるのも。

一度エルザに声をかけ、逃げられたことで、いっそう話しかけることができなくなった。そして卒業後に行われた王家主催のパーティー後、エルザがそこに参加していたひとりの伯爵の息子と婚約した話を聞いた。

『願いは半分しか、叶えられなかったか……』

この結婚でエルザが幸せになるのなら、それは俺の願いが半分叶えられたことになる。俺の手で——というわけにはいかなかったが、それでもあの時セドリックがなにかしら運命を動かしてくれたおかげで、エルザの今の幸せがあるのなら……俺は、彼女を祝福しなければ。俺の手で幸せにできなかったのは、せっかくエルザとの再会が叶ったのになにもできなかった自分のせいだ。

――エルザが幸せなら、それでいい。

何度も自分に言い聞かせる。それでも、ほかの男のものになると思うとつらくてたまらない。

立ち直るまでに、かなりの時間を要した。というより、立ち直ることはできなかった。ただ淡々と執務をこなす日々。元々表情が豊かではなかった俺だが、この時は以前よりも感情を表に出すことがなくなっていた。

加えて、俺はこの時初めて、俺がベティーナと恋仲にあるという噂話を知った。まったく見当違いな噂だが、父上やアルベルトすらその噂に騙されていたほど、世間では信憑性が高かったようだ。ベティーナと俺の間にある誤解を解くのには、ものすごく苦労した。

エルザと会えなくなって、一年が過ぎた。あと一年もしたら、俺は勝手にフリーダと結婚させられるのだろう。しかし、それを拒否する気力もない。エルザと結婚できないのなら、誰としたって同じだ。

どんな形でもいいから彼女に会いたい。幸せになっているだろうか。でも、ほかの男の手で幸せになっているのなら、それはそれで複雑だ。好きな人の幸せを祈ることもできないこんな俺だから、神様は完全には俺に微笑まなかったのだ。

『ノア、僕たちの同級生だったエルザって覚えてる？』

二十歳の誕生日が半年後に迫ったある日の昼下がり。アルベルトが唐突に、エルザの名前を口にした。

『あ、ああ。もちろん。彼女がどうかしたのか？』

アルベルトは俺がエルザを好きだと知らない。俺の恋心は、侍女であるベティーナ以外には誰も知られていない。当然アルベルトも彼女と特別親しいわけでもなかった。それなのに話題に上がるなんて妙だと思った。ドクンと心臓が鳴り、なんだか嫌な予感がしたのを覚えている。

『あの子の嫁ぎ先、相当やばかったらしいよ。家族を援助するって騙して婚約して、両親も弟もみんなどっかの闇組織に売られたって』

『……は？』

信じられなかった。

エルザが婚約した相手は、裏で闇組織と繋がっている男で、没落寸前のエルザの家族に新しい家を用意すると言いながら、使用人もろとも人身売買の餌食にしたというのだ。

『彼女の実家は、そんなに危機的状況だったのか……？』

知らなかった。学費を援助した時も、もうこれで大丈夫だと言っていたのに。あれは伯爵が俺を気遣っての嘘だったのか。エルザもずっと、元気な顔で登校していたじゃないか。

『らしいよ。うまく隠していたらしいけど、一部の貴族の間では爵位だけの貧乏人って蔑まれていたようだ。たぶん家を助けるために、結婚を急いだんだろうね。悲惨だな……』

『それで……エルザは？』

返事を聞くのがあまりに恐ろしくて、声が震えた。

『明日正式に結婚するみたいだけど……家族を失って完全に廃人状態……って』

脳裏に浮かぶエルザの笑顔が、その言葉を聞いて突然色褪せていく。

その日の夜、俺はエルザの嫁ぎ先を調べ上げ、ひとりでひっそりと彼女がいるであろう屋敷に向かった。ひとけの少ない山道の途中に場違いの屋敷を見つける。こんな場所で人がわざわざ訪ねてくるとは思えないのに、門の前はやたらと厳重に警備されていた。

……闇組織と繋がっているから、いつどこでそれを嗅ぎつけられるか警戒しているのか。

俺は両手に魔力を込めて、周囲の空気を急速に圧縮したものを作り出す。それを警備をしている門衛ふたりにぶつけると、強力な衝撃波をくらって呆気なく気絶した。

周囲に気づかれている様子は今のところない。ひとりの門衛の制服を借り、内ポケットに屋敷の鍵らしきものを見つけると、俺はそれを使って屋敷内へ侵入した。

入ってすぐ、突き当たりにある大部屋からは、汚い男の笑い声が扉越しに聞こえてくる。

『あの女、まだビービー泣いてるんだよ。家族を返せって。あんまりうるさいから、抱く気にもならねぇ』

『でも明日結婚するんだろ？　一緒に捨てればよかったのに』

『いやぁ、あいつ、見た目は結構いいだろ。だから飽きたら娼館にでも売り飛ばせばいいかなって。没落寸前の貴族は条件ちらつかせればみんなすぐ結婚に飛びつくからな。ちょろくて助かるぜ』

耳を塞ぎたくなるような下衆な笑い声が、屋敷中に響き渡る。

あの女が誰を指しているのか、俺にはすぐにわかった。頭に血が上った俺は、気づけば大部屋の扉を開けていた。

『？　なんだお前――』

大部屋にはエルザの婚約者であろう男と、その家来らしき男がひとり。俺はそいつらを見た瞬間、気づけば剣を抜いていた。

『……殺してやる』

絞り出すような声で呟いた。剣を向けられた男は腰を抜かし、ガタガタと震えだす。もうひとりが逃げ出そうとしたが、先に空いた左手で雷撃をお見舞いすれば、一瞬で膝をつき倒れ込む。雷属性の魔法は僅かな威力で人を失神させる恐れがあるため、むやみに使うことはできない。しかし、こういった緊急事態では非常に役に立つ。

ローズリンドは魔法が使える人間は王家しかいない。目の前でガタガタと震えるこの男も、目の前で俺の魔法の威力を知り腰を抜かしている。

『や、やめろ。助けてくれ』

『お前だけは許さない』

どんなに泣いたって、腹から煮えくり返るような怒りが収まることはなかった。剣の先が男の頬に触れ、血が滴り落ちる。このまま首を斬ってしまえばこいつは即死だろう。だが俺は、僅かに残った冷静さでなんとか興奮を抑え込み、もうひとりの男と同じように魔法でこいつも気絶させることにした。魔法で電気ショックをくらった男たちが意識を失っているうちに、俺はエルザを探し二階へと駆け上がる。

外に鍵がついている部屋を見つけ、すぐにこじ開けて扉を開く。そこには、床に倒れ込んだエルザがいた。

『……エルザ！』

駆け寄って上半身を抱き起す。男に殴られたのか、顔には痛々しい痣があり、それらは腕や足にも無数についていた。体はやせ細り、エルザはひゅーひゅーと音を立て浅い呼吸を繰り返している。

『大丈夫か！　エルザ！』

『……誰？』

かろうじて意識はあるようだ。エルザはうっすら瞳を開き、力なく声をあげた。

『俺だ。……ノアだ』

『ノア様……？　うそだぁ……ノア様が、こんなところにいるわけない……』

『助けにきたんだ。今のうちに逃げるぞ』

『あれ……本当だ。ノア様に見える……どうして……私を……』

エルザにこんな形で、また名前を呼ばれたくはなかった。滲んでくる視界を拭いエルザを抱き上げようとすると、エルザは首を振ってそれを拒む。

『ノア様、お願い』

『……どうした？　エルザ、俺になにか頼みがあるのか？』

なにか言いたげに、唇がふるふると動く。そして俺に告げられたのは、どうしようもなく残酷な言葉。

『……殺して』

『……！』

『お願い。私、あんな人と結婚したくない……』

『だから逃げるんだろう！　心配するな、俺がなんとかする！　馬鹿なことを言うな！』

縋るようにエルザを説得した。しかしエルザの瞳には影が落ちたまま、俺の姿すら映そうとはしない。

『もう遅いの。私のせいで、お父様も、お母様も、アルノーも……みんないなくなった……』

『家族も俺が捜し出す。諦めるな……！』

『ありがとう……でも、みんな私を恨んでる……だから、私が死んだら、ノア様が助けてあげて』

エルザは自分のせいで家族を巻き込んだことにひどく絶望し、なにを言っても聞く耳を持とうとしない。彼女の世界は——この一年で、絶望に染まってしまった。

『もう、こんな世界では生きていけない』

『……エルザ』

『お願い、ノア様』

殺してと、もう一度耳元でエルザに囁かれた時——俺は立ち上がると剣の柄を握りしめ、仰向けで寝転ぶエルザの喉元に突き立てる。

愛する君の頼みなら、俺はなんでも聞いてやる。それがどんなものであっても——でも。

『……すまない。それだけは聞いてやれない』

震える声で呟くと同時に、俺の手から剣がすり抜け、音を立てて床に落ちる。

『必ず現状は変えられる。だから生きることを諦めるな。……そうだ！　この屋敷のどこかに、家族が連れ去られた先の情報の手がかりがあるかもしれない！』

下で倒れているふたりは、しばらく目を覚まさないだろう。苦しそうなエルザをすぐにでも治療したいが、エルザのためを想って、俺は逃げる前に少しでもエルザの家族を救う手がかり探すためにエルザから目を離してしまった。……それが、大きな間違いだった。

『ありがとう。ノア様』

『……エルザ？』

声が聞こえて振り返る。すると、エルザが床に落ちた剣を握って、壁にもたれかかるような体勢で剣先を自らの胸に突き立てていた。

俺に名前を呼ばれたエルザは微笑むと、そのまま目を閉じて剣先を心臓へと押しつける。赤い血がエルザの身体に滲み、エルザはそのまま倒れ込んだ。

『エルザ……エルザ！』

すぐに駆け寄り、エルザを抱き起こす。だが何度名前を呼びかけても——彼女が目を覚ますことはなかった。

——死んだ。たったひとり、愛する人が。

この国に、世界に見捨てられ、自ら命を絶ってしまった。

いくら今がつらくとも、ここから逃げ出して、今度こそ俺の手で君を幸せにするのだと誓ったばかりなのに。

俺の視界は真っ黒になり……次に目を開けば、世界は赤で染まっていた。ふらふらとした足取りで、気づけばエルザを抱えたまま神と精霊の庭へ来ていた。

『……なにが神様だ』

願いを叶えるなんて、大嘘だ。だって、エルザは死んでしまった。自身の不幸に耐えられず、自らの心臓を剣で貫いた。

『エルザが生きることを諦めた世界なんて、なくなればいい。国も神も、俺自身も、全部いらない』

強い悲しみと怒りは、魔力となって全身からとめどなく溢れ出る。庭の結界は破壊され、凍てつくような強風と嵐が沸き起こり、木々や花は枯れていく。

『お、おいノア！　なにをしているんだ！』

自分でも自分がなにを巻き起こしているかわからない状況で、十年ぶりに懐かしい低音が聞こえた。以前とは違い、余裕のない声色だった。

『お前ほどの魔力を持った人間が制御なく魔法を暴走させれば、国が崩壊するぞ！』

『……構わない』

『目を覚ませ！　この庭を壊すことは、神や精霊たちが居場所をなくすことになる。神聖力を満たす場所がなくなれば、私たちの力も衰え世界に瘴気が満ちて破滅を呼ぶぞ』

『うるさいな……構わないと言ってるだろう。……俺はエルザを幸せにできなかった。

俺の唯一の願いだったのに。もう神様も世界もどうだっていい』

エルザはもう二度と、愛らしい声で俺の名前を呼んでくれることはない。動かなくなったエルザを抱きしめて、俺は何度も謝った。

ごめん。助けてあげられなくて。俺が勇気を出せなくて。

――君と再会したあの日、俺が声をかけていたら、なにかが変わっていたかもしれないのに。

俺の胸で眠るエルザの亡骸を見て、セドリックはすべてを察したようだった。重苦しい空気の中、セドリックが口を開く。

『……私はノアの願いを聞いたあの時、願いを叶えるために運命を動かした。ただ、だからといって必ず叶うとは限らない。願いを叶えるには待っているだけではダメなのだ』

セドリックは願いが叶いやすいように運命を導く手助けはできるが、それを将来活かせるかは俺次第だったということだろう。セドリックは手助けをするとは言っていたが、願いを必ず叶えると言い切ってはいなかった。だがそんなことは、エルザの結婚が決まった時に既に気づいていた。だが俺は、今の今まで気づいていないフリをしていたんだ。

『……わかってる。俺がチャンスを活かせなかったことなんて。だが全部遅い。なにをどう後悔したって、エルザは戻ってこない』

『……わかった。ノア。私がお前の願いが叶うまで、自分の力が持つ限り協力してやってもいい。私にも少なからず責任はある。ただし、条件がある』

絶望だけを抱える俺にセドリックが取引を持ちかけてきた。神様は人間ひとりひとりの記憶を見ることができるという。きっと、エルザの身に起きたことを把握したのだろう。

『私の力を使えば、時を戻すことができる』

『……やり直せるのか？』

『ああ。それを条件に、暴走を止めてほしい』

セドリックは頷くと、エルザの記憶を読み取り始める。

『時を戻せるのはせいぜい一年半前くらいだ。……この王家主催のパーティーがちょうどよさそうだな。ここを目覚めの起点場所としよう』

『一年半前に戻れれば……じゅうぶんエルザを救える』

エルザが今回の相手と知り合ったのは、王家主催のパーティーだと聞いた。その日に戻れるのなら、いくらでもエルザを助ける方法がある。

『今までの経験上、時が戻ってもお前の記憶は残っているはずだ』

『……エルザは？　こんな悲しい出来事を彼女に思い出させたくはない』

『安心しろ。エルザは記憶は引き継ぐ対象ではない。もしかするとなんらかのきっかけで、前世の記憶が呼び覚まされるかもしれないが……』

『そうか。だとしても、せめて今日の出来事……自死をするほどつらかった記憶は、消してあげてくれないか。お前ならできるだろう』

記憶の操作ができるなら、エルザにとって最悪な記憶は消し去ったほうがいい。万が一でも思い出してしまわないように。

『……そうだな。彼女のためにも消してやろう』

俺の意図を汲み取ってくれたのか、はたまた暴走を鎮めるため言うことを聞いているだけかわからないが、セドリックはエルザの額に手をかざし、記憶を消し始める。

『ノア、お前の手でなら、エルザを幸せにできる。お前が自分の手で幸せにしたいと、そう願ったからだ。エルザには幸せになるルートがきちんと残されている。……ここまで言えばわかるな？　いちばん確実な方法は、お前がエルザと結婚することだと』

念を押すようにセドリックが言う。運命とは、同じ未来を辿らせたがるのだと。それはきっと俺がエルザを救えなければ、エルザは同じ末路を辿ることになると教えてくれているのだろう。

『当たり前だ。必ず、エルザを救って幸せにしてみせる』

『……一応お前と取引した身として、ループ後は姿を変えてお前のそばに仕えさせてもらう。なにかあれば私に聞け』

『……光栄だな。神が俺に仕えるなんて』

『勘違いするな。お前の暴走からこの庭を守るためだ』

セドリックは俺を睨みつけるようにそう言うが、セドリックが俺に協力する理由は、世界や庭を守るほかに――願いを叶えられなかった自分にも少なからず、原因があると思ったからなのだろうか。

『エルザ、待ってて。俺が必ず、君を幸せに導く』

俺がエルザにキスを落とすと、荒れ果てていた庭が大きな光に包まれる。セドリックが神の力を使ったようだ。

――次に目が覚めた時は、どうか、君を幸せにできますように。

そう願って始まった俺のやり直しは……決して簡単な道ではないことを、一度目のループで思い知る。

『ノア、僕たちの同級生だったエルザって覚えてる?』

二十歳の誕生日が半年後に迫ったある日の昼下がり。アルベルトが唐突に、エルザの名前を口にした。

その瞬間、とんでもない頭痛が俺を襲う。同時に流れ込んできたのは——前世の記憶だった。

そうだ。俺はセドリックと契約して時を戻し……たはずなのに。なぜ、記憶を取り戻したのが今なのか。既にエルザは前世と同じく別の男と婚約しており、王家主催のパーティーからはだいぶ時間が経っていた。

『セドリック、どういうことだ!』

自分の部屋で飼っているペットがセドリックだということも、今になってやっと気づき、俺はすぐさまセドリックに問いただす。

『ノア、やっと記憶が戻ったのか……』

『それはこっちのセリフだ! 俺は記憶を引き継げるんじゃあなかったのか⁉』

『そのはずなんだが……私にも理由がわからない。もしかすると力を使った際、なにか別の力が働いたのかもしれん』

なんらかの理由で、俺は記憶の引継ぎに失敗してしまった。セドリックは俺のペットに扮してそばにいたものの、俺が記憶を忘れたたま愛犬リックがセドリックだと気づけずに、セドリックの声かけすらも無視していた。まさか、ペットが俺の名前を呼んでいるとは思えなかったからだ。セドリックも異変に気付いてはいたが、どうすることもできなかったという。

ループ一回目のエルザの結婚相手は最初のクソ野郎とは代わり、そこそこ優秀な騎士に変わっていた。同じことが起きないよう、エルザの結婚前夜までに徹底的にそいつを調べ上げると、とんでもない男だと発覚。騎士でありながら麻薬密輸に手を出し、エルザも既に幻覚が見えるなどの症状を発症していた。

だが、エルザ本人は自覚なし。家族を守るための結婚への執着か、騎士とも別れる気配はない。エルザを助けたいが、手を打つには遅すぎる。このままでは間違いなく、エルザは薬によって破滅するだろう。セドリックが言っていた〝運命は同じ未来を辿らせようとする〟という意味がわかった。

『セドリック、どうしたらいいんだ……！　このままではまたエルザが……』

『……方法はある。むしろそれしかない。もう一度ループすることだ』

セドリックは俺に再度やり直すことを提案した。しかし、次に目を覚ます時俺が記憶を引き継げる保証はないという。さらには……。

『やり直すには、最初にループの原因となったことと同様の出来事を起こす必要がある……エルザの死だ。そして、期限も前回と同様の結婚前夜。それ以上の未来に進めば新たな未来に上書きされ、王家主催のパーティーまで時を戻せなくなる』

セドリックは、エルザの運命が決定づけられる日はあのパーティーだと教えてくれた。つまり、あの日にエルザを俺が救わなければ、同じ未来を辿るのだと。それは最初の人生で、エルザがあのパーティーで自身の運命を決定づけたかららしい。

『エルザが別の男と婚約したら……結婚前夜までにエルザが死ぬか、もしくは殺して、再度ループしろっていうのか？』

そんな最悪な条件はありえないと信じたい。だが、ほかに思いつかないのもまた事実。

『私はエルザの死をループのトリガーにしてしまっている。……残酷だが、それしか手はない……』

またループしたところで、俺は記憶を引き継げるかもわからないのに。

『……自殺も他殺も問わないが、どちらにしろお前は耐えられないだろう。無理してループをすることはない』

『なに言ってるんだ。運命が同じ未来を辿らせるなら、エルザはまた死ぬことになる……！』

また自死するほどのつらい思いをさせるなら……いっそ。

『……わかった。俺が引き受ける。もし来世失敗しても、その条件さえ守れば何度失敗してもやり直せるのなら』

『！ エルザを殺すのか？』

『それしか方法がない！ ……この先何度、彼女を……手にかけたとしても……』

声が震える。果たしてそれがエルザにとって本当に幸せなのか、頭の中で何度も自問自答する。でも、今の様子のおかしい彼女のままでいいわけがない。

エルザが笑える未来への道筋があるのなら、エルザと肩を並べてそこを歩けるまで……俺はやるしかない。

『……そうか。だがお前がつらくなればいつでもやめていい。お前の願いが叶えられるか、お前が諦めるか。どちらかが成された時、私は自身をノアから解放する』

『……ひとつ頼みがある。エルザが痛みを感じないようにしてほしい』

『一度発生した痛みの存在は消すことはできない。……対象を変えることは可能だが』

『それなら対象を俺に変えてくれ』

『……いいのか？ 死ぬほどの痛みを受けるんだぞ？』

『いい。エルザには怖い思いをさせてしまうんだ。痛みくらい引き受けられないでどうする』

彼女のものなら痛みも苦しみも、すべて引き受ける覚悟が俺にはある。

『エルザのためなら……俺は狂人にでも殺人鬼にもなってやる』

――その後、結婚前夜に俺はループのためにエルザを手にかけた。エルザは薬のせいか意識が朦朧としており、副作用でげっそり痩せていた。……次こそ、必ず。ここから、俺の途方もないループが始まった。

二回目のループ。不安が的中し記憶を引き継げなかった俺は、アルベルトからエルザの婚約の話を聞くことでまた記憶を取り戻す。そしてそのあともずっと、記憶を取り戻すタイミングはそれだった。エルザが自分以外の男と結婚する未来を知った途端、まるで俺にエルザの不幸を知らせるように記憶が蘇るのだ。

二回目は前回と同じ展開を迎えたため、ループを選択。

三、四回目。エルザは留学生の王子と結婚を決める。

しかし、相手は身分を偽った王子でもなんでもない暴漢だと判明。レーヴェ伯爵家の乗っ取り計画を企てていたのだ。エルザの不幸が確定しているため結婚前夜にループを選択。

五回目——思い出した。ユベール。あの若き男爵令息とエルザの結婚が決まる。あいつは薬の開発で大儲けしていたが、金に目がくらんだのか、輸出先の外国からとんでもない新薬の依頼を受けていた。それは相手に気づかれずじわじわと命を奪う、人体に影響を与える薬。

そしてその試薬を婚約者のエルザに飲ませ続けていたことを知る。家族が助かろうとエルザは助からない未来が確定。故に、ループも確定。

六回目。エルザは十五歳年上の侯爵と婚約。前妻とは死別。

怪しいところは見つからないが記憶が戻ったタイミングでいつも通り調査開始。するととんでもない変態野郎だと判明。若い女にしか興味がなく、前妻は二十五歳を過ぎた頃に不審な死を遂げていた。様子を見ようかと思ったが結婚前夜を過ぎると王家主催のパーティーの日に戻れなくなる。エルザが殺される可能性がある未来は容赦なく潰す。……ループを選択。

六回も、エルザを殺した。結婚に胸を膨らませる、なにも知らない彼女を。

いつもエルザはなにかを諦めた顔で俺を見つめた。そして俺は、今回もエルザとの結婚を決められなかった記憶のない自分自身を強く恨みながら、エルザの身体に剣を突き立てる。

そのたびに、死をもたらすほどの苦痛が自分の身体に走ったとしても――これは彼女を幸せにできない自分への戒めだと思えば、なんてことない。ただ、痛みより心が苦しかった。

『どうして』

――どうして俺は、エルザを幸せにできないんだ。

絶望に瞳が真っ暗に染まっていく。そして、七回目のループ……すべて合わせると、八度目の人生が始まった。

「……っ！」

目を覚ます。

まだ少し頭が痛い。……今まで俺が見ていたのは……夢？

「いいや……違う」

あれは紛れもなく、俺の数々の前世の記憶。実際に体験した、紛れもない現実たち。

俺は最初の人生でエルザを失ったことが原因で、本来王家が守るべき存在である神と精霊の庭で魔力の暴走を起こし、なにもかもを崩壊させようとした。そんな俺を止めたのが――。

「セドリック、いるんだろ」

俺はベッドから起き上がり、部屋の隅でまだペットのふりをしているリックことセドリックの名前を呼ぶ。

「……思い出したか。作戦は成功だな」

ペットのふりをしている時とは違う威厳のある顔つきで、セドリックは俺を見上げた。身体のサイズが前回のループよりも一回り小さくなっている。魔力や神聖力――体内に蓄えているあらゆる力が、住処を離れ俺に力を貸し続けたことで弱まっているのだろうか。

「久しぶりの会話だな。……ピアニーは？」

俺はピアニーとセドリックの関係性をわかっていなかったが、あいつが俺を嫌っているのにちょっかいを出してきた理由をようやく理解する。

記憶が戻っていない俺に、遠回しにセドリックを早く庭に戻すよう訴えかけていたのだろう。

「さっきの会話を聞いていたのか。あいつならパワー切れで庭に送還された。すり減った神聖力でなんとか自力でここまできたが、お前に記憶を取り戻させるためにすべてを使い切ったようだ。しばらくは実体化も難しいだろう。……まぁ、私が解放されれば別だが」

「俺は今回、一切記憶が戻らなかった。ということは……」

「エルザはほかの男と結婚しなかった。お前の望む、エルザが幸せになる未来に辿りついたというわけだ」

エルザを誰よりも本気で愛している俺と結婚することで、エルザの運命が変えられた。つまり、俺の手でエルザを幸せにするという願いが達成されたのだ。しかし――。

「セドリックが解放されないのは、どうしてなんだ？」

俺がループを諦めるか、願いが叶えられるか。

どちらかで、セドリックは無事に契約を終え、晴れて自由の身となるはずだ。

「……お前の願いが不完全だからだろう。おいノア、お前のいちばんの願いをきちんと思い出せ」

「……エルザが幸せになれますように？」

言っている最中、自分で気づく。エルザの不幸な未来は回避できたものの――エルザ自身が、まだ幸せだと思い切れていないということだ。

俺と歩む未来はエルザにとっては不幸なのか。いいや違う。この前のパーティーで、エルザが俺に向けてくれた眼差しは、決して過去の男たちへ向けていたものと同じでなかったはずだ。

それなのになぜかと考えた時、改めてもう一度、エルザが俺に打ち明けた不安を思い出す。エルザが俺に告げた『怖い』という言葉の、本当の意味は……。

「気づいたようだな。ノア」

俺の表情を見て、セドリックが言う。

「エルザは、覚えているんだな」

「ああ。たぶんな。どういうわけか知らないが、なぜかお前でなく彼女が記憶を引き継いでしまったようだ。……いったいどこから覚えているのかは謎だが、それはあとで本人に聞くとしよう」

「そうだな。あとにしてくれ。悪いが……夜間にエルザに不意打ちをかけるのは、俺の特権だからな」

「かっこつけてないで早く行け」

すっかり小さくなった尻尾でセドリックに足首を叩かれ、俺は部屋の扉に手をかける。出ていく前に時計を見ると、時刻はまさに日付が変わる直前だった。

ほとんどの人間がもう自室でゆっくり休んでいる時間帯のため、王宮内は静まり返っている。廊下の灯りも最低限しか点いていない。そんな中でエルザの部屋に向かうと、部屋の前にベティーナが立っていた。

ベティーナは俺に気づくと、にやにやとした表情を浮かべて小声で話しかけてくる。

「あらノア様。こんな時間にエルザに会いに来るってことは……なにか夫婦のお約束が？」

勝手に俺とエルザのその先を妄想して、楽しそうにベティーナは笑っている。こんなやつと恋仲だなんて噂が広まって、エルザにもそう思われていたことに再度げんなりした。

「というか、なぜお前がここに？　もう休む時間だろう」

「なにを言ってるんです。できる限りエルザの護衛を強化してほしいと言ったのはノア様でしょう。おかげさまで毎日、最低でも日付が変わるまではこうして見張りをしております」

「ああ、そうだったな」

「大事なエルザのためなら朝まででも待機できますけどね」

自慢げにベティーナは胸を張る。俺だってエルザのためならいくらでも待機できると張り合いそうになったが、今はそんなことをしている場合ではない。

「お前の頑張りはわかった。それより、エルザとの約束があるからそこを退け」

約束などしていないが、ないと言えばベティーナに警戒されそうな気がして嘘を吐く。夫なのに妻の部屋を訪ねるのに侍女の信頼を得ないといけないとはおかしな話だ。

「わかりました。……いいですかノア様。初めては優しく、ですよ。いろいろと」

「……うるさい。早く行け」

ベティーナは最後まで憎たらしい態度のまま、はいはいと扉の前から退くと自分の部屋へと戻っていく。

エルザの部屋の扉に手をかけると、妙な緊張感が俺を襲った。

――今日はこれまでとは違う。エルザを……殺す必要はない。

それなのに、額に嫌な汗がじわりと滲んだ。この扉を開けてすべてを打ち明けたとして、エルザは俺を許してくれるのか。俺の勝手な願いのために、何度も何度も怖い思いをさせた俺のことを。

もし、エルザが受け入れてくれなかったら。

そう思うと、手に入った力が抜けていきそうになる。しかし俺は自分を奮い立たせ、再度重い扉を開けるためにぐっと右手に力を込めた。

自分が嫌われることを恐れてなにも行動できなかったこと。それが、俺のどうしようもない弱さだった。もとはといえば、すべての原因はそこにある。

今回もそんなくだらない弱さで、エルザから逃げていたらなにも変わらない。せっかく俺とエルザもループから抜け出せたんだ。エルザと共に生きられる未来は……俺がなによりも欲していた、幸せの形そのものじゃないか。

ギィ……と音を立て、ゆっくりとエルザの部屋へ入った。

エルザはまだ起きていて、窓際に立って夜空を眺めていた。

「……ノア様？」

扉が開く音が聞こえたのか、エルザが振り返って俺を見つめる。さっきまで星を宿していたであろう新緑の瞳は大きく揺れていた。そこに次に宿るのは驚きか、恐怖なのか。

「エルザ――今から君に、大事な話がしたい」

「……大事な話？」

「ああ。でも安心してくれ。……俺は今日、君を殺しにきたんじゃあない」

エルザが目を見開いて、息をのむ。俺はそんな彼女に微笑みかけて、俺がしでかしたことの全部を話すことにした。

11 辿り着いた幸せ

ノア様が突然、部屋に来た。日付が変わる数分前に。

どくんと打つ鼓動が、私に過去の記憶を思い出させる。もうループから抜け出したはずなのに、私はまた……ノア様に……？

「エルザ——今から君に、大事な話がしたい」

「……大事な話？」

「ああ。でも安心してくれ。……俺は今日、君を殺しにきたんじゃあない」

ノア様はついさっきまで見ていた夜空よりも綺麗な優美な笑みを浮かべてそう言った。

「えっ？」

思わず、私は素っ頓狂な声をあげる。

今なんて？　殺しに？　えっ？

「ノア様、覚えていたんですか？」

「……覚えていたというか、さっきやっと、強制的に思い出されたって感じだな」

気まずそうに視線を泳がせながらも、ノア様の瞳は最後には必ず私のところへと戻ってくる。

──あ、瞳が死んでない。

私を殺しにくるノア様は、いつも濁った目の色をしていた。絶望的な顔をして、完全に闇に堕ちて行った人……そんなイメージだ。でも、今のノア様は違う。

「その様子だと、セドリックの言う通り君は記憶を引き継いでいるということか」

「セドリック？」

初めて聞く名前に首を傾げると、ノア様が「リックの本名だ」と教えてくれた。ノア様、リックが本当は精獣だってことも知らなかったようだけど……それも思い出したのかしら。

「……ごめん。俺は、エルザにひどいことをしたな」

ひどいことと言われたら、そうだろう。ひどいでは済まされないかもしれない。なぜなら、命を奪われていたのだから。

「この手で俺は……君を、何度も……殺した」

唇をかみしめて、ノア様は両手をぐっと震えるほど握りしめる。

「それを知りながらも……君は俺と結婚し、今日までそばにいてくれた。その理由を聞きたくはあるがその前に、俺がなぜ君を殺したかを話すのが先だろう」

覚悟を決めた男の顔をしたノア様が、私をじっと見つめる。

そこから、ノア様は私がずっと気になっていた、〝私を殺すことになった理由〟を教えてくれた。

その中で――私はずっと、自らで封印していた記憶を思い出すこととなる。

まずノア様が最初に教えてくれたのは、私が最初の人生で悲惨な末路を辿っていたことだった。

それを聞いて、私はようやく、最初の人生の記憶を取り戻すこととなる。

……そうだ。私は悪い男に騙されて家族を売られた。日常的に暴力を受け衰弱していく身体は最後には水すら受け入れず、守るべき家族を自分のせいで失った現実に絶望し、精神は限界を迎えていた。

そんな中迎えた、人生最低最悪の結婚前夜。なぜか、ノア様が私のもとへ来てくれた。そこでノア様は私を……助けようとしてくれたんだ。

それなのに、私はノア様に最低なお願いをした。そのお願いを躊躇《ためら》いながらも実行しようとしてくれた時、私はひどく安堵したのだ。やっと、この苦痛から解放されるのだと。

だが実際には、私を殺したのは私だった。しかし、私は都合よく記憶を改ざんし、ノア様に剣を向けられたところだけを鮮明に覚え、当たり前に彼に殺されたと思い込んでいた。

「君にとって、あの出来事は思い出さない方がいいと思った。だからセドリックに頼んで記憶を消してもらったんだ。記憶がおかしくなったのも無理はない。……結局すべてを打ち明けることで、また思い出させてしまったが……申し訳ない」

「ノア様は悪くありません！　それに私、思い出せてよかった」

おかげで、ノア様が私を助けようとしてくれたこともわかったから。

そして、ノア様が私を失ったあとの話も——想像できないほど、凄まじいものだった。言葉を詰まらせながらも、必死にすべてを打ち明けてくれるノア様の話を聞いていると、自然と涙が溢れだす。

ノア様はずっと、私の幸せのために戦ってくれていた。運命が私の不幸を決定づけてからも諦めずに。

「どんな理由であれ、これは俺が勝手に始めたこと。俺のエゴに世界を巻き込んだ。そしてエルザに、何度も死の恐怖を植えつけてしまった」

「……たしかに怖かったですけど、不思議といつも痛みはなかったんです」

「……そうか。それならよかった……本当に」

安心の中に切なさがこめられたような笑みをこぼすノア様を見て、私は違和感を覚える。やはり、普通に考えて痛みがないなんてことはおかしい。

「その痛みも、ノア様がなんらかの方法で取り除いてくれて……？」

「え？　い、いや……」

目が泳いでいる。これは図星だ。

「いったいどうやってそんなことを……教えてください！　特殊魔法ですか？　まさかノア様が痛みの犠牲になったりしていませんよね？」

さっきの切なげな笑顔がどうしても引っかかり問いただす。

「……俺がセドリックに頼んだんだ。せめてエルザに痛みは与えないようにって。代わりに発生した痛みは……すべて俺が引き受けると」

「!?　ってことは、ノア様は六回も死ぬほどの痛みを……」

「当然だ。君を救えなかった罰にしてはぬるすぎるくらいだ」

真面目な顔をして言っているが、どれほどの痛みかを想像するだけで顔が引きつる。ものすごい出血量だったし……かなりの痛みだったろう。

そんな痛みを受けてループをしても、ノア様は前世の記憶を覚えていないなんて……かなりのハードモードの中、ようやくここまで辿り着いたってことね。
「今世でエルザが俺に話しかけてくれていなかったら、どうなっていたか。今がある
のは全部エルザのおかげだ。君が俺との結婚の道を選んでくれたから」
ノア様は記憶がないぶん、動きに大きな変化を生み出すことができなかった。逆に
私は記憶があったから、いろいろと前世とは違う行動に出られた。
「それは違いますよ。ノア様。あなたがいなければ、私の人生はとっくに終わってい
た。家族と笑い合うことも、ベティとまた友達になることも……ノア様と幼き日の思
い出を語り合うことも叶わなかった」
私が人生をやり直せたのも、ふたりでループを抜け出せたのも、互いの力があった
からこそ生まれた結果だと思う。
「ノア様が私を殺していると知ってなお、私があなたと一緒にいた理由がわかった気
がします」
最初は、ノア様に殺されたくないって一心で婚約を持ちかけただけだった。そこか
らノア様の気持ちを知って、好きだと言われて、それを信じられるようになったのも
全部――。
「相手がノア様だから、ですね」

「……俺だから？」

「はい。私、ノア様は私に恨みがあって私を殺してるんだと思っていましたが、それでも受け入れられていたんです。普通、自分を殺した相手なんて憎くて仕方ないはずなのに。ノア様なら仕方ないかって思えた。たぶん、最初の人生でノア様が助けに来てくれたことを、頭の中の記憶でなく心が覚えていたんでしょうね」

どこまで奥底に封じ込めても、完全には消せなかった記憶が――ノア様を嫌うことは間違いだと私に陰から教えてくれたのではないか。そんな風に考える。

「エルザはこんな俺でも、受け入れてくれるのか……」

めずらしく泣きそうな顔をしているノア様を、いつもノア様が私にしてくれるみたいにそっと抱き寄せる。これが質問への答えだと伝えるように。

「……エルザ」

ノア様はぎこちなく私の背中に手を回すと、私がいることを確かめるようにぎゅっと力を入れる。次第にどんどん抱きしめ返す力が強くなってきて、息苦しさを覚えてきたその時――扉の隙間からリックがこちらをじーっと見つめているのに気づき、驚いてノア様の身体をどんっと押し返してしまった。

「リック！　そんなところでなにしてるの⁉」

私の声を聞いて、ノア様もリックの存在に気がついて振り向く。

「……セドリック。部屋で大人しくしていたらよかったのに」

「遅いから様子を見に来ただけだ。邪魔するつもりはなかった」

クールに言い放ちながら、リックは私の部屋に入ってくると、私の前にちょこんと座った。

「エルザ。改めて自己紹介をする。私の名前はセドリック。神と精霊の庭の主、簡単に言うと神様だ」

「は、え、ええっ⁉　神様⁉」

「騙していてすまない。おいノア、私の説明はしなかったのか」

「自分からしたほうがいいと思って気を遣ってやったんだ」

精獣だと思っていたリックが、まさかの神……。ノア様がさっきの会話の中で神様に協力してもらったって言っていたのは、リックのことだったのね。

「私はノアの願いを叶えるために、一時的にノアと契約をしたんだ。だから、ノアの住む王宮から離れられなかった。……エルザ、私が過去お前の運命を動かしたことでこんな目に巻き込んでしまってすまない」

「どういうこと？」

リックはまだ私が幼い頃、ノア様のとある願いを叶えやすくするために、本来なら私に起きる予定のなかった出来事を起こしたという。

「本来レーヴェ伯爵家に引き取られるのはベティーナだったんだが……私がエルザになるよう運命を変えたんだ。そうすれば、エルザは優しき当主のいる貴族の娘となり幸せになれると。ついでにノアと再会できると思ってな」

「リックの仕業だったの⁉ ……おかしいと思ってたの。直前に変更されたから」

本当ならば、私は伯爵の養女にならない未来が待っていて、ベティーナは侍女にならない世界が待っていた。……今とはまったく違う人生になっていただろう。お父様にもお母様にもアルノーにも会えない人生など、今となっては考えられないが。

「だが、まさか私の作ったチャンスをノアがあそこまで活かせないとは思えなかった」

「…………」

「めずらしいな。お前が反論しないとは」

ノア様も自覚があるのか、リックになにを言われても無視を決め込んでいる。

「だが結果的に、それがエルザの不幸を招いてしまった。悪かった。あれは私の大きなミスだ。ノアとの幸せのきっかけを生むと同時に、エルザの不幸のきっかけまで生んでしまった」

リックが申し訳なさそうに首を垂らすも、私はすぐに謝罪を否定する。

「そんなことないわ。私、レーヴェ伯爵家の娘になれて幸せだったもの。お父様とお母様は超がつくほどお人好しだけど実の娘のように育ててくれて、アルノーも私を大好きだと言ってくれる可愛い可愛い弟よ。あの人たちに出逢えない運命なんて嫌だわ」

「……エルザは優しいな。その優しさに付け込まれたせいで……死ぬほど男運が悪かったわけだが」

「うっ」

まさかのタイミングで痛いところを突かれ、胸にぐさりと言葉の矢が刺さる。

ノア様の話を聞いて、私は自分の男性の見る目のなさに絶望したくらいだ。そんなにやばい男性ばかりと婚約していたなんて知らなかった。家族もみんなお人好しだからか、誰も疑おうともしなかった。

言われてみると思い当たる節がたくさんある。ユベールと一緒に生活した時にやたら体調を崩していたのは試薬のせいだと知った時は、鳥肌が立った。

「それは運命がエルザに牙を向いた結果だろう。それにエルザが結婚を急いでいるっていうのが、どこかで広まっていたのかもな。それをあくどい欲を抱いた奴らが嗅ぎつけたんだろう。どちらにせよ、今世ではこのあとすぐ全員アルベルトに調べさせる」

アルベルト様の仕事を増やして申し訳ないが、私でないほかの犠牲者が出る前に、早急に捕まえてほしいものだ。ノア様も国の名誉のためにもすぐさま対応すると言ってくれてほっとする。

「だからもう大丈夫だ。俺はエルザにもエルザの大事な家族にも、絶対に危害は加えない。たしかにこれまでのエルザの相手は俺も頭を抱えるほどろくでもなかったが……」

「ノア様までやめてくださいーっ！」

なんだか、不幸のいちばんの原因は婚活を急ぎすぎた私にあった気がしてきた。

「ノアもじゅうぶん危険な男だがな。エルザに危害は加えずとも、世界には平気で加えるようなやつだ」

「そんな俺に力を貸したのはお前だろう。セドリック」

「……正直、私は人間を……いや、お前をなめていた。好きな人を殺すつらさ、焼けつくような痛み。そんなことを繰り返せる人間などいないと思っていたんだ」

だけどリックの予想と反し、ノア様は何度も何度もループを繰り返した。

「すぐにノアが諦めて、私は解放されると思っていたのに……読みが甘かった。ここまで魔力を消耗させられるとは」

「残念だったな」

勝ち誇ったように鼻で笑うノア様に、セドリックは苦笑する。

「そういえばエルザはいつから記憶があったんだ？」

「私？　最初のループからあったわ。前世の死に際の記憶は改変されていたけど……それ以外はしっかりと」

セドリックに聞かれて答えると、ノア様とセドリックが驚いた顔をする。

「……なぜエルザが引き継いだのか。ノアがきちんと引き継いでいれば、ここまでループする必要はなかったのだが……」

「私のほうがノア様より記憶力がいいから、力が私に対して発動したとか？」

私は記憶力には自信がある。結局理由はわからなかったが、私は勝手にそう思うことにした。

「ノア様が今世ですべての記憶を取り戻せたのはリックのおかげで？」

「私というよりピアニーだな。そもそもノアはエルザの近くで過ごしエルザに触れることで触発され、記憶を僅かに取り戻しかけていた。そこにピアニーの得意な夢魔法と私の時魔法をかけて、前世の完全再現が成功したというわけだ。ループは終わったが……ノアの記憶を呼び起こさなければ、私は解放されないと気づいてな」

「それで、リックは解放されるの？」

私が聞くと、リックが視線をノア様に向ける。

「それはこれから、ノアが確認してくれる」

「ノア様が？」

ノア様がループを諦めなかった場合のリックの解放条件は、ノア様の願いが叶えられること。私はノア様の願いを知らないが、そんなに難しい願い事なのだろうか。

ノア様は私の肩を掴んで自分のほうへ向かせると、緊張した面持ちで口を開いた。

「エルザ、俺は……君を一生幸せにする自信がある」

「……は、はい」

急に愛の告白をされ、驚くと同時に恥ずかしい。

「君は俺といて、幸せになれるだろうか」

きっと、ノア様が私を殺した理由がわからないままだったら、自信を持ってこの質問には頷けなかった。だけどすべてを知った今、私には確実な気持ちが生まれている。

「……はい。だって、ノア様が幸せにしてくれるんでしょう？」

ノア様がいて、リックがいて。この瞬間すらも愛おしく、幸せだと感じている。

「私はあなたと幸せになりたいです。ノア様」

私が答えた瞬間、そばで縮こまっていたリックの身体に異変が起きる。突然ムクムクと大きくなり、天井につくほどの高さにまで成長すると、もう大型犬とは言い表せないほどの立派な獣姿へ変身した。……この姿、噴水に飾られている銅像と同じだわ！

「おお！　庭の外でも本来の姿に戻れた！　契約は果たされた。これで庭に戻れる！」

身体が大きくなったせいでこれまでみたいに部屋を駆け回ることはできないため、リックはその場で小さくステップを踏み喜んでいる。見た目は猛獣なのに相変わらずの愛くるしさだ。毛のもふもふ具合も進化している。

「よかったわね！　リック！」

私はどさくさに紛れてリックに抱き着き、全身をリックのもふもふに押しつけた。なんという毛足の柔らかさ。ふんわりとした毛の海に浸かっているような感覚にうっとりして目を閉じる。

「私が長い時間庭を離れたせいで、庭全体のパワーが相当弱まっていたが、なんとか間に合った。今後は精霊たちもまた自由に空を飛び回れることだろう」

ピアニー含む精霊たちに行動制限がかかっていたのは、主であるリックが不在だったのが大きな要因だったらしい。王家の人間がいると移動できたのは、王家の人間が持つ魔力を近くでこっそり吸い取れるからだと教えてくれた。今後はそういった不便さもなくなっていくという。

「リックにもピアニーにもまた会えるのよね？」

未だリックの身体に触れたまま、顔を上げて上目遣いで問いかける。

「もちろん。いつでも庭に来てくれ。それに、エルザの手技は忘れられないからな」

「嬉しい！　私もリックのもふもふがない生活なんて考えられないっ！」

「エルザ、リックは男だぞ。夫の前でそこまで密着するのはよくないと思うが」

リックに抱き着いたまま頬をすりすりさせていると、見かねたノア様が私にやめるよう嗜めてくる。名残惜しいが、ノア様の嫉妬心が爆発する前にやめておこう……。

「では私は帰る——と言いたいところだが、その前にひとつ、エルザに渡すものがある」

「私に？」

なんだろう。あまりに私がリックのもふもふを気に入ってるから……抜け毛の塊とか？

「エルザ、そこでじっとしていてくれ」

言われるがまま、私はリックのお腹辺りに立って停止する。

するとすると頭上から虹色の光の粒が降ってきて、私の全身を包み込んだ。

「お前に聖女の力を与えた」

「へぇ。聖女の力――って、せ、聖女⁉　私が⁉」

「ああ。お前はその器がある。何度も窮地に立たされその記憶を引き継いでなお、お前の心は真っ白だ。それにエルザが聖女になれば……万が一今世でノアが魔力を暴走させた場合、聖女の神聖力で対抗できるかもしれない」

「む、無理よ。だって世界ごと滅ぼす暴走だったんでしょう？　リックでも止められないものを、いくら私が聖女になったからって止められるわけが……」

「いいや。ノアの唯一の弱点はエルザだ。まぁ、それは念のためだから気にするな」

リックは聖女というのはそれを持つ人間自身によって発揮する力の大きさが変わることも教えてくれた。今後の私の成長が楽しみだと笑うリックに、私はさらに疑問をぶつける。

「でも私、世界に対して大きな貢献もできていないのに……」

むしろ、私の死で世界を破壊しそうになった。そんな私がいくら神様の厚意とはいえ、聖女になどなっていいのか。

「たしかに崩壊のきっかけはエルザではあるが……崩壊を救えたのもまたエルザだ。

エルザが記憶を引き継ぐなんていう奇跡を起こさなければ、エルザからノアに求婚するという奇跡も起きなかったろう。私の力はノアのループを手伝うことでどんどん低下し、このままでは朽ち果てる寸前だったからな。エルザのおかげでギリギリ間に合った」

ループ続行不可能になれば、ノア様はまた魔力を暴走させていた。だから私は世界の救世主でもあるのだと、リックは言う。……家族の幸せと、ノア様とベティの幸せを願ってした行動が、いつの間にか世界を救っていたとは驚きだ。

「なによりエルザが聖女になってくれれば、庭の管理を担当することになる。そうしたら必然的に毎週会えるだろう。ピアニーも喜ぶ」

「わあ。それは嬉しいわ。ノア様にいろいろと教えてもらわないと！」

まだ聖女になった自覚はないが、私の身体の内側には、リックからもらった神聖力が流れているのだろう。

「リック、それが狙いだな。神様のくせに私情で聖女選びをするとは……」

「私が解放されたのはエルザのおかげだ。そのお礼もかねてだ。それに、ノアにとってもこれはいいことだ。いずれわかる」

「……？」

含みのある物言いに私とノア様は顔を見合わせる。

「では、私は庭へ戻る。またな」

ピアニーが庭へ強制送還された時のように、今度はリックの身体が次第に透明化していく。

「ええ。またね、リック!」

「じゃあな。……セドリック、ありがとう。俺に最後まで付き合ってくれて」

ノア様が最後の最後にお礼を伝えると、リックはふっと笑って消えた。

「……行っちゃった」

「どうせすぐに会える。それより朝になったらすぐにでも、エルザが聖女に選ばれたことを報告しないとだな」

「私、本当に聖女になったんでしょうか」

魔法もなにひとつ使えなかった私が、特別な力を授かったなんて変な気分だ。しかも聖女だなんて、普通の魔法使いよりもずっと特別な存在。

「セドリックが言ったのだから、なっているだろう。そうだ。一度世間に公開する前に一緒に庭へ行こうか。そこで力を試してみればいい。俺が教えてあげよう」

「助かります。ありがとうございますノア様」

もとはと言えば私が騙され、殺されたことが原因でノア様は暴走してしまった。庭へ多大な迷惑をかけてしまった私だけれど、せっかくリックが私に力をくれたのだから、今度は聖女の力でノア様と一緒に、リックや精霊たちを守っていけたらいいな。

「……もう二時だ。そろそろ眠いだろう」

ノア様に言われて、今が夜中だと思い出す。

「本当はこのまま一緒にいたいけど、俺は部屋に戻る。……一緒にいたいけど」

ノア様は帰りたくない雰囲気を全身から醸し出し、言葉でもそれが漏れ出ている。なんと答えたらよいかわからず黙っていると、ノア様は私の頭を優しく撫でて小さく笑う。

「おやすみエルザ。……愛してる」

囁くような声なのに、やけに甘く耳に響く。

「……あ」

そのままノア様の顔が近づいて、私が小さく声をあげたあと、唇が重なり目を閉じる。心地よい刺激が脳を痺れさせ、なんだか溶けてしまいそう。

キスが終わると、ノア様は照れくさそうに顔を赤らめて、私をぎゅっと抱きしめた。

そして再度耳元で「今度こそおやすみ」と呟くと、額に軽くキスを落として私の部屋から出ていこうとする。

私はそんな彼の背中を見ていると、いつの間にか足が勝手に動いた。そして、気づけばノア様の服の袖を掴んでいた。

「……エルザ？」

驚いた顔でノア様がこちらを振り向く。

「あの……部屋に戻っても、もうリックはいないでしょう？」

「え？　あ、ああ。そうだな」

「そうなると、ノア様が寂しいかなって。だから……」

私はなにをして、なにを言っているのだろう。引き留めた時点で、私の気持ちはひとつだったのに。今さらなにを誤魔化すことがあるというの。

「今夜は、一緒にいませんか……？」

袖を握る手にきゅっと力が入る。言ってしまった。でも、あのままノア様が帰るのは寂しいと思ったのだ。

すべてをわかりあえたからこそ……今日はこのまま、夜が明けるまで一緒にいてほしい。

「……君はどこまで俺の心をかき乱せば気が済むんだ。せっかくおとなしく戻ろうと思ったのに」

ノア様はなにやらボソボソと呟くと、こちらに向き直して私を見つめた。するとそのまま私をお姫様抱っこで持ち上げる。

「きゃっ！」

ベッドまで運ばれてそこに優しく降ろされると、ノア様も私の隣に横たわった。いつもひとりとテディベア一体で寝ているベッドにもうひとりぶんの体重が加えられ、ベッドがぎしりと音を立てて軋《きし》む。

「エルザが言ったんだ。お言葉に甘えて、俺はここで寝かせてもらう」

「……は、はい。でも、思ったより緊張しますね」

自分から誘っておいて、ノア様が隣にいると思うと心臓バクバクでとても冷静ではいられない。

「私、いつもこの子をこうやって後ろから抱きしめて寝てるんです！　そうじゃないと眠れなくて！」

私はノア様とは逆の壁際に寝かせているテディベアを抱きしめて、ノア様に背を向ける形をとる。ノア様が嫌というわけでは決してない。むしろ意識しすぎているからまずいのだ。

「じゃあ、俺はエルザを抱き枕にしようかな」

「えっ⁉」

「俺もこうしないと眠れないんだ」

ノア様はそう言うと、私がテディベアにしてるみたいに私を後ろから抱きしめる。

……ノア様も抱き枕が必須な人なの？

それなら仕方ない。覚悟を決めよう。私はおとなしくノア様に抱きしめられている
と、急に首の後ろにくすぐったい感覚がして身をよじる。

「……エルザの髪、いい香りがする」

やたらと色気のある声で囁くと、私の長い髪をかき分けてノア様の唇がまた首元に
寄せられた。くすぐったさの正体がキスだと気づき、私はぞくぞくとした感覚に身体
を引っ込めようとするもノア様の腕がそれを許してくれない。

「だ、ダメ。ノア様……」

一緒にいようとは言ったけど、こんな大人な雰囲気になるなんて聞いてない！

なんとかノア様を制止しようとすると、急にくすぐったさがやみ、代わりに規則正
しい寝息が聞こえてきた。

「……ノア様？」

首だけ動かしてノア様のほうを見ると、長い睫毛を見せつけながら、ノア様は瞼を閉じて眠りについている。

その寝顔はとても安らかで、私は思わず笑みがこぼれた。

「おやすみなさい。ノア様。……私もあなたが好きです」

いつの間にか膨らんだ想いをこんな場面で言うのはずるいと思うけれど、今だけは許してくださいね。

ノア様の寝息に誘われるように、私にも眠気が襲いかかり目を閉じる。

次に目覚めた時にはきっと、なにげない幸せが詰まった未来が待っていることだろう。

12　エピローグ

「たいへんだたいへんだたいへんだーっ！」

　部屋の外から騒がしい声が聞こえて目が覚める。カーテンを開けたまま寝たせいか朝の陽ざしが眩しい。

　その時、身体に違和感を覚えてはっとする。私の身体にぴたりとなにかが密着しているこの感じと、お腹にある大きな男の人の両手……。

　――そうだ。私、ノア様と一緒に寝たんだ。

　特になにかをしたわけではなく、添い寝をしただけ。それでも顔が熱くなる理由としてはじゅうぶんだった。こっそりと様子を窺うも、ノア様はまだすやすやと寝ている。最近あまり顔色が優れていなかったし、ベティからノア様が寝不足だというのも聞いていた。過去の記憶を取り戻して、リックとの長い長い契約も終わり、やっとノア様にも平穏が訪れた。安心で熟睡できたのかも。

「ベティちゃん、部屋にノアがいないんだ。緊急事態なんだけどどこにいるか知らない？」

「ノア様ならこちらの部屋にいらっしゃいますよ。そのため、お目覚めになるまでアルベルト様であっても勝手に中へは入れられません」

「緊急事態って言ってるだろう！」

……扉の向こう側から、ベティとアルベルト様の声が聞こえる。というか、どうしてベティにノア様といることがバレてるんだろう。それに緊急事態って？

「……騒がしいな」

するとノア様もさすがに目が覚めたようで、私の背後で声をあげる。

「ノア様、お目覚めですか？」

「ああ……でも、もうちょっと……」

ノア様はまだ完全に覚醒していないようで、寝ぼけまなこで再度私の身体をぐっと自分のほうへ引き寄せるとまた眠る体勢に入ろうとしている。

「ノア様っ、アルベルト様が緊急事態って……」

「そんなのいい……まだ、エルザとこうしていたい……」

「で、でも……」

「目覚めて最初に見える景色に君がいるなんて、幸せすぎる……」

この幸せを終わらせたくないというように、ノア様は私の肩に顎を乗せて甘えるように頬を擦り寄せてくる。おかげで密着度も高まり、私は完全に動けなくなってしまった。

「おい起きるんだノア！　そんでもってすぐ表に出てくれ！」

「ああっ！　入ってはダメだと言ったのに！」

ノア様の腕の中に包まれながらどうしようと思っていると、扉が大胆に開かれる音がした。同時にアルベルト様の叫び声と、追いかけるようにベティの声も聞こえてきた。

「……なんだ？　アルベルト」

凄むようなノア様の声が聞こえる。アルベルト様が入って来たというのに、ノア様は一向に私を離そうとはしない。一緒にくっついて寝ているところを見られていると思うと穴があるなら入りたい。私はテディベアのライトブラウンの毛をガン見しながら、できるだけ後ろを振り向かないようにする。

「ノア、どれだけ声色でかっこつけてもその状態じゃあなにも怖くないぞ」

呆れたようなアルベルト様の声が聞こえる。

「お前、朝からなんなんだ。うるさいぞ」

「邪魔したのは謝る。でもさっきから言ってるだろ。緊急なんだって。……王宮の門の前に、フリーダを筆頭にノアの結婚を白紙に戻せというわけのわからない団体が押し寄せてるんだよ」

「……なんだと？」

さすがのノア様も詳細を聞くと、やっと私から腕を離して上体を起こした。私もつられるようにもぞもぞと起き上がる。

「あ、よかった。ふたりともちゃんと服着てるんだね」

毛布から体を出した私たちを見て、アルベルト様がほっとした口調で言った。

「当たり前ですっ！」

いったいアルベルト様はなにを想像していたのか。私が焦って言い返すと、ノア様が「エルザをからかうな」とアルベルト様を叱ってくれた。

「じゃあすぐに着替えて表に来てくれる？　まったく、朝からあいつらのせいで手を怪我して最悪だよ。あんまりすごい勢いで押し寄せてくるから、服の装飾品にあたって擦りむいたんだ」

アルベルト様は手の甲の切り傷を眺めながら言うと、ため息をついて肩を落とした。

私とノア様は急いで着替え、アルベルト様に連れられ外へと急ぐ。

私たちより先に事の事態を知った国王様によれば、なんと今朝いきなりフリーダのいるトイフェル侯爵家から、鉱物資源の取引をやめるという申し出があったというのだ。トイフェル侯爵家の資源を独占されることは国の経済力にも関わると感じた国王様がどうにか説得を試みるも、「だったらうちの娘と結婚しろ」の一点張りらしい……。

フリーダは「エルザより劣っているところがなにひとつ見つからない。エルザは王妃の器に相応しくない」と言っているようで、彼女に同意した令嬢たちが一緒になってデモを行っているよう。

貴族のあいだでは、私は元々孤児院出身というのも知られている。さらに結婚お披露目パーティーでノア様が大衆の前で私を好きだと宣言したことも、令嬢たちの嫉妬心に火をつけたのではとアルベルト様が言っていた。最初に私がノア様との結婚を世間に許されていたのはあくまでも〝侍女と恋仲にあるノア様のかわいそうなお飾り妻〟だったからだ。

「なんとかトイフェル侯爵と彼女らを納得させてくれ」

国王様は疲弊した顔で私とノア様にそう言った。できない場合は、国の利益を考えれば離縁も考えなければならないと心苦しそうに言われるも、ノア様の顔は余裕綽々《しゃくしゃく》だった。

「父上、お任せを。一瞬でエルザこそがいちばん俺に相応しい妻なのだと納得させてみせます。それと、エルザについて報告があるので、父上もどこかでお聞きになっていただけると」

ノア様の説明を聞いて、私は一晩寝てすっかり忘れていた大事なことを思い出す。

――そうだ。今の私は……特別な力を持っている。

「エルザ。自信を持って。……聖女が王家の人間と結婚するっていうのは、昔の人間が決めたしきたりだ。誰も文句は言えやしない」

ネタばらしを待ち望むかのように、ノア様は私に耳打ちをしてにやりと笑う。

そして私とノア様はようやく門の前へ辿り着くと、フリーダ様率いる〝結婚反対派〟の方々を前に立ち止まる。

「ノア様、やはりわたくし、納得いきません！」

「彼女は相応しくないわ」

「上流階級の血が流れているわけでもないし……」

一斉に飛び交う不満をすべて聞き入れることはできないが……とにかく納得いかないことだけはわかった。

「俺と君は、あらゆることを乗り越えてもまだ邪魔をされる運命にあるんだな。できればこれで最後にしてもらいたい」

顔をしかめたくなるほどの不満を叫ばれながらも、ノア様は私のほうを見て呆れたように笑っている。

「ふふ。本当に。でも、私たちならなんでも乗り越えられる気がします。あんなことがあってなお、こうやって今一緒にいるんですから」

私もそんなノア様に笑みを返すと、ノア様は「そうだな」と楽しげに笑った。目の前で私たちの結婚を反対する声があがっているというのに、ものすごい温度差である。

「ちょ、ちょっとノア様、お聞きになっているのですか？　わたくしを納得させてくださらなければ、王家へ今後一切うちの資源は渡しませんから！」

「じゃあ、君を納得させればいいんだな。フリーダ」

強気な態度のフリーダ様に、ノア様がいつも通りクールな態度で応戦する。

「おできになるのですか？　エルザ様との結婚がうちの領地が生み出す資源よりも、国にとって大事であるという証明が」

「ああ。ここでその証明を実演してみせよう」

実演という宣言に、反対派がざわつく。

ノア様が手を挙げると、後方に控えていたアルベルト様が前に出てくる。そして、私に向かって手の甲を差し出した。

「おいノア、これがなんの証明になるんだ？」

「いいから見ていろ」

アルベルト様も私が聖女になったことを知らないため、ノア様の言う通りに動くも訝しげに眉をひそめている。

「エルザ、手をかざしてみるんだ。それで、傷が治るイメージをすればいい。すると体内を巡る神聖力がエルザの意思に同調し力を貸してくれる」

ノア様は私の隣に立つと、聖女の力を発揮するやり方を教えてくれる。きっと、魔法も同じようにして発動させているのだろう。

「……わかりました」

私は言われた通り、アルベルト様の手の甲にできた短い切り傷の上に手をかざす。すると、私の身体を包んだのと同じ虹色の小さな光の粒が傷を包み、あっという間にできたばかりの切り傷を治してしまった。

「……これは」

アルベルト様も私の聖女の力に気づき、手の甲をこれでもかというほど凝視する。

フリーダ様も最前列で見ていたため、なにが起きたのかを把握したと同時に、私が何者なのかを理解したようだ。

「──今ここに、我が妻エルザが聖女として神から加護を受けたことを宣言する」

それから三日ほどは、怒濤《どとう》の日々だった。

傷を実際に治したことで、私は聖女として認められ、当然聖女が相手となれば誰も文句を言うことはない。

なぜならノア様が言っていたように、聖女と王家の結婚は国が何百年も前から定めたしきたりだからだ。これにはフリーダ様も反論できず──結果、トイフェル侯爵家と王家のトラブルはあっけなく幕を引いた。だけども、私が聖女でなければここまでスムーズに事が運ぶことはなかっただろう。

『聖女なんかじゃなくたって、俺の最愛の妻はエルザしかいないんだがな』

ノア様はそうぼやいていたけれど……なんでも、私が聖女だから結婚したと思われる人が今後現れることに納得がいかないようだ。ノア様らしい不満に、私は隣で苦笑しつつも、少し嬉しかったのも事実。

これも全部、リックが私に力を与えてくれたおかげだ。リックが言っていた〝ノア様にとってもこれはいいこと〟である理由がこの一件でわかった気がする。こうやって結婚を反対する声があがった時に、今回のように国にとって重要な資源を取引に持ちかけられては厄介だ。だが、私には彼女たちを黙らせる身分も特別な力もなかった。それで私とノア様の結婚がなくなる――なんてことがあれば、ようやくここまできたのにまたノア様が暴走を起こす可能性があるとリックは懸念したのかもしれない。

それか……ただ、ノア様が私といられるようにという、リックの粋な計らいかも？ 真実はわからないが、どちらにせよ、リックはこうなることを見越していたのだと思う。

ローズリンドにとって実に二百年ぶりとなった聖女誕生は、私がノア様と結婚した時よりも国中を騒がせた。

三日三晩ほぼお祭りのような状態は続き、私はあらゆる人々から祝福を受けながら、聖女として国に仕えることとなった。家族は喜んでくれ、孤児院の院長先生とも久しぶりに会うことができた。お金のない孤児や、病院の少ない田舎町を優先に、私は今後しばらくは怪我の治癒を中心にこなすこととなる。もちろん、王妃教育もしっかりやりこなさなくてはならない。たいへんにはなるが、周囲のサポートもあるため頑張れる気がする。

「ねぇエルザ。考え直してよ。ノアといたら、エルザはいつか限界がくるわ。だってノアって束縛すごいし、面倒だし、世界滅ぼそうとするし、いいとこないでしょう?」

聖女になった私はある日、執務で忙しいノア様の代わりに神と精霊の庭の様子を見に来ていた。そこでピアニーとリックが戻ってきたことリックとお喋りを楽しむ。

神様であるリックが戻ってきたこととで、庭は以前より活気づいていた。なんとなく、木々や花、そしてこの庭に吹く風すら、それぞれ楽しげに揺れているように見える。

「またそんなこと言って。ノア様は優しい人よ」

「もう～～エルザがそんなだから、男運が悪いって言われるのよ!」

ピアニーにまで男運のことを指摘されてしまった……。

「過去エルザと婚約をしたろくでもない男たちは、みんな悪事を暴かれたようだな」

「!　そうなの。記憶の戻ったノア様がすぐ部下たちに調べさせたみたい。被害者が出なくてよかったわ」

「エルザが命を張って暴いた闇でもある。ご苦労だったな」

私はうまい話に乗らされて、勝手に騙されただけだが、それを褒めてくれるリックは優しい。あとから聞いた話だが、レーヴェ伯爵家が没落危機にあり私が婚活を焦っているという話が、あの運命を決める卒業後のパーティーで出回っていたようだ。

だからそもそも私に声をかけてきた人たちは、みんな最初からなにかしら私を利用する目的で近づいたのだろう。私が騙しやすい環境にあることを知っていたから、敢えて狙ったのだ。

「本来不幸に死ぬはずだったエルザの運命を、無理矢理時を戻して変えようとしたから、この世界がお前にろくでもない男をよこしていたのだろうな」

「そうに決まってる！　ま、ノアがいちばんろくでもないけど！」

「だが、ノアと一緒になることでエルザの不幸は絶たれた。ろくでもないにも種類があるということだ。わかるか？　ピアニー」

「ぜんっぜん！」

潔い返事に、私とリックは顔を見合わせて苦笑する。ピアニーの場合、理解する気すらなさそうだ。

庭から帰ると、私は部屋へと戻った。

今日は朝早くから孤児院へ足を運んだりと移動が多かったため、まだ晩餐前というのに眠気に襲われる。

……少し仮眠するくらいいいわよね。

ワンピースのままベッドに寝転び、毛布もかけないまま眠りにつく。

それからどれくらい眠っていたのだろう。誰かが覆いかぶさってきた感触で、私はようやく目を覚ました。……とはいっても、たとえ目を閉じたままでも相手が誰かわかってしまう。心地よい体温と、今や鼻をかすめるだけでとくんと心臓が脈打つこの優美な香りは――。

「ノア様、なにやってるんですか?」

ふふ、と小さく笑みをこぼして、私はゆっくり目を開ける。さっきまで明るかった部屋はすっかり暗くなっていて、どうやら私は陽が沈んでなお寝続けていたことに気づく。

「ああ。バレてしまった。せっかく夜這いにきたのに」

暗い視界の中、意地悪な笑みを浮かべるノア様の顔が見えた。

「晩餐の時間になっても君が来ないから、ベティーナの代わりに様子を見に来たんだ。そうしたら愛らしい寝顔を見つけたから……襲わずにはいられないだろう」

どういう理由なのかさっぱりわからない。普通に起こしてくれればよかったのではないか。

「それに、忠告していたはずだ。待つのには限界があると」

「えっ……でも、今は晩餐前で……っ!」

ノア様は話している途中で、黙らせるように唇を塞いでくる。いつも私にはとびきり甘くて優しいノア様に、たまにこういった強引さを出されると――最近は、正直なところきゅんとしてしまうのが事実だ。

いつもより長めのキスが終わり、唇を離すとノア様から甘い吐息が漏れる。いつもはここで終わるのだが、今日はどういうわけか、ノア様がなかなか引いてくれない。

再度唇にキスされると、次は唇の端。そのまま顎、首、鎖骨へと……下へ下がるように何度も唇を這わされて、私はさすがにこのままはまずいと思いノア様を制止する。

「こ、これ以上は心臓が持ちません！」

ドキドキしすぎて心臓が破裂する。別の意味で、ノア様に殺されそうだ。

「……ずるいな。エルザにそう言われたら、これ以上なにもできない」

そう言いながらも、私に止められるのを予想していたかのようにノア様は小さく笑う。

私もノア様を我慢させているのはわかっているからこそ、たまにこの優しさを見せられると罪悪感に苛まれる。

……そうだ。今日は、私から言ってみよう。

私は今世、ノア様に幸せにしてもらう人生だと思っていたが、よくよく考えれば、幸せというのは自分で生み出すものでもあり、相手にも与えるものだ。私が幸せになる未来をノア様が強く望んでくれたのと同じくらい、私もノア様には幸せになってほしい。

私の些細な行動がそのお手伝いになるかはわからないが、私は少し勇気を出して、下から手を伸ばしてノア様を自分のほうへ引き寄せる。

「……ノア様、好き」

いつもノア様が当たり前のように伝えてくれた〝好き〟って言葉を口にするのが、こんなに恥ずかしいとは思わなかった。

ノア様は目を丸くして、そのあと私を見つめて柔らかに顔を綻ばせる。

「君に好きって言われて、生まれて初めて、幸せすぎて死んでもいいって思った」

「ふふ。ダメですよ。ノア様がいなくなったら困ります」

冗談交じりに返すと、ノア様もふっと笑う。

「俺もエルザがいなくなったら困る。ずっと一緒にいよう」

そう言って、また甘いキスが落ちてくる。触れるだけのキスを終えると、ノア様は私の隣に寝転んで、ぎゅっと私の身体を抱きしめる。

「ああ……幸せだなぁ」

まだ少し明るさの残る夜の闇の中、微笑む彼がぽつりと発したその声が、私の心の声と重なった。

End

特別書き下ろし番外編

永遠の幸せを君と

エルザと想いが通じ合い、本当の意味で〝夫婦〟になれた俺たちは、以前の結婚生活とは少し違う日々を送っていた。

まずエルザが聖女となったことで互いに忙しくなり、前よりは一緒にいる時間が僅かに減ることに。たまにエルザが聖職者のもとを訪ねたり、医者のいない田舎町まで足を運び傷を癒やしに行く仕事へ同行する時もあるが——そのたびにエルザの人気を目の当たりにして、ひとりで嫉妬にまみれてしまうことも度々だ。

聖女に選ばれるだけあり、エルザは誰にでも優しく平等で、国民の気持ちを掴むのはあっという間だった。俺だけが知っていた彼女の照れ笑いや、俺だけに向けられていた柔らかな眼差しが急に独占できなくなり、俺は寂しさを抱えていた。

だが、エルザが国民に慕われているのはいいことだ。なにより本人が嬉しそうにしている。その純粋な笑顔を俺の嫉妬という感情で汚してしまいたくない。とは言いつつ、エルザに無駄に近づこうとする男には陰でしっかりとお灸をすえているけれど。

……とにかくエルザとの時間が物足りない。

そんな俺の心境をアルベルトとベティーナは瞬時に察し、俺がまたひとりで暴走する前に、エルザにこんなことを言ったらしい。

『ノア様と過ごす時間が短くなったのなら、過ごす時間の密度を濃くしてあげてほしい』――と。

エルザからその話を聞いた時、俺は数秒固まった。これではまるで、俺からふたりに言わせたみたいじゃないか。

すぐさま否定しようとしたが……正直、密度を濃くしたいというのは事実であった。

あのふたりはどこまで俺のことをわかっているのかと怖くなる。

『あの、できれば要望に応えたいのですが……私になにができますか？　濃くするって、たとえばどんなことを……？』

晩餐が終わってから就寝までの間の夜時間、エルザが眉を下げて上目遣いで俺の部屋を訪ねてきた。そんな可愛い顔をされては、俺もうエルザを部屋に帰してあげられなくなるのは至極当然のことで……。

『……今日から毎日、夜は一緒に寝ないか？』

俺はエルザの腰を引き寄せながら部屋の中へ強引に招き入れると、エルザを抱きしめてそう言った。揺れるエルザの瞳をじぃっと見つめると、エルザの顔がみるみる赤くなっていく。

『え、えっと、それって……毎日……その……』

言いづらそうに、エルザがごにょごにょと口ごもる。俺から視線を外し、カッと顔を赤くさせるエルザを見て、俺はエルザがなにを言いたいのかわかってしまった。

――結婚して最初にふたりで夜を共にしたのは、エルザがセドリックから聖女の力を授かったあの夜だ。その日以降、合計五回は夜を共にする機会があった。

二回目の日に、ついに俺たちは一線を越えて、夫婦仲をステップアップさせたわけだが……それからも、一緒に寝る日は決まって、俺はエルザをめちゃくちゃに愛した。

言葉だけでなく身体でも、だ。

だからエルザは、一緒に寝るイコールそういった行為があるのだと認識しているのだろう。

『ごめんなさいノア様！　寝るだけならいいんですが、毎日は身体が……！』

申し訳なさそうに言うエルザを見て、俺は思わず笑ってしまった。

『エルザ。勘違いしないで。俺が君の身体を労われないはずないだろう？　一緒に寝てくれるだけでもいいんだ。……そりゃあ、たまには襲わせてもらうけど』

『も、もう、ノア様ったら……』

最後に意地悪な言葉を付け足すと、エルザは恥ずかしそうに俺の胸を控えめに叩く。

もちろん、まったく痛くはないしただのじゃれ合いだ。

『大体、両想いになったのに夫婦の寝室が別室だなんておかしいだろう。俺たちは普通になるだけだ。むしろ、これまでがおかしかったんだ』

『……言われてみれば』

エルザは俺の言葉に納得しているが、実際には王太子と王太子妃の寝室は別々なほうが多い。これは、王家の結婚はほぼ政略的なものが一般的だったことが要因だろう。

『わかりました！　私もノア様ともっと濃い時間を過ごしたいです！』

決心がついたように、エルザは俺を見上げてそう言った。

その日もエルザを存分に可愛がってしまったのはまた別の話だが、とりあえずそれ以降、俺たちは毎晩同じ部屋で眠ることとなった——そして、今に至るのだが、俺はどうしても不満なことがある。

それは、目覚めた時にいつもエルザが反対を向いていることだ。

今日もまた、朝四時という中途半端な時間に目が覚め愛する人の寝顔でも眺めようかと思っていると、エルザはいつものように俺に背を向けて眠っていた。

そんなエルザの腕には、俺が特注で作らせた抱き枕代わりのテディベアが抱えられている。俺の部屋で寝ることになってから、エルザはこのテディベアをわざわざ俺の部屋に移動させたのだ。そのせいで、俺は毎日テディベアを抱きしめるエルザごと後ろから抱きしめている。間に入られるよりはマシだが、なんだか納得がいかない。

「……どうして俺の場所にお前がいるんだ」

手を伸ばし、エルザが腕に抱くテディベアを軽く突っつく。すると、エルザの肩が小さく震えだした。

「……起きていたのか？」

「ふふっ。はい。なんとなく、ノア様が起きた気配がしたので」

くすくすと控えめに笑いながら、エルザがこっちを向く。……ああ、やっと顔が見られた。何度も何度も見ているその顔に毎回ときめかされていることを、君は気づいていないのだろうか。

「この子に嫉妬するなんて、ノア様は可愛いですね」

なんの悪気もなしに、エルザはまたくすりと笑う。しかし、この言葉が俺を動かすトリガーとなったのをエルザは知らない。

「……可愛いだって？」

「だってノア様が嫉妬深いのは知っていましたけど、まさかこの子にまで――」

最後まで言わせずに、俺はエルザに噛みつくようなキスをした。

「……っ⁉」

瞼を閉じる前に驚くエルザの表情が見えた。でも、俺は構わずにもっと深いキスを求めるようにエルザに覆いかぶさると、エルザの両手に指を絡めてそれぞれ顔の横で固定した。酸素を求めてエルザが唇を離そうとするも、それを許さずに荒々しく唇を塞ぐ。いつも比較的に優しく甘い口づけをしていたが、なぜか今日はそれをする余裕がない。

最後にちゅっと小さく音を立ててキスをすると、俺はようやくエルザを解放し、今度は唇をエルザの耳元へと寄せ囁く。

「……こんな俺でも、可愛いと思う？」

わざと低めの声で吐息混じりに言うと、エルザの身体がぴくりと跳ねた。

「……思いません」

観念したように、はぁはぁと呼吸を乱したままエルザは右手で顔を隠して呟く。

「こら。そうしたらまた君の可愛い顔が見えないだろう」

手を退かせようとすると、エルザは必死に抵抗してくる。

「だ、だめ！」

「……どうして？」

「……私、未だにノア様を見るとすっごくドキドキしちゃうんです。……一緒に寝ている時は特にそれがすごくて……心臓がどうにかなりそうなんです……！」

エルザは今にも泣きそうな声で、今度は両手で顔を隠した。

「それで背を向けていたのか？」

そう聞くと、エルザは無言で何度も頷いた。

「……それに加えて今のノア様は……なんだか色気もすごいし……直視できませんっ！」

どうやらエルザは俺に強引に迫られて、言葉通り心臓がどうにかなりそうなようだ。

「……エルザ、そんなの俺も一緒だ」

「……ノア様も？」

「ああ。君を見るだけでいつも胸が高鳴って、その高鳴りが、俺が君をどうしようもなく愛していることを教えてくれる」

手を伸ばし優しくエルザの手に触れる。すると、エルザはぎこちなく俺の手を握り返してくれた。

「俺にとって、このときめきは心地のいいものだ。だからもっと感じたい。愛しい君の、どんな表情も愛しているから」

「……ずるい」

それだけ言うと、エルザはやっと顔から両手を離してくれる。瞳を潤ませ頬を染める彼女を見ると、やはりとくんと胸が脈打った。

「おいで？」

寝ているエルザに向かって両手を広げると、エルザはおずおずと俺の胸の中へと入ってきて背中に腕を回してきた。

「……ああ、やっぱり、この体勢がいちばん幸せだ」

テディベアには悪いが、このポジションだけは絶対誰にも譲れない。

「……私も」

腕の中で、エルザがぽつりと呟く。

「ノア様の腕の中で眠るのが、いちばん幸せな時間です」

ふわりと目を細めて笑うエルザを見て、また新たなトリガーを引かれた気がした。

「……エルザ」

「なんですか？」

「今夜はまだ、君のことを愛し足りないみたいだ」

「……ノア様、もう朝ですよ？」

やんわりとエルザに制止されつつも、俺が止まれるわけもなく。エルザもまた、本気で拒むこともなく。

俺たちは薄暗い空の下で互いの体温を感じながら、求め合うように唇を重ねた。

End

あとがき

初めまして。こんにちは。瑞希ちこです。

この度は本作をお読みいただきありがとうございます。

前作（知らない方もいると思いますがすみません。気になっていただけたらそちらも是非！）に引き続き、今回も執着強めの溺愛ヒーローでした。もしかするとノアは私の作品の中でもいちばん執着強めであり、そして不器用なヒーローだったかもしれません。ついでにヤンデレ気質も過去イチ……（笑）いつかはこういったヒーローを書いてみたいと思っていたので、最後までとても楽しく執筆作業ができました。

やっとの思いで結ばれたふたりですが、エルザ、ノア共々過酷な運命を背負わせてしまいました。そのぶんこれからは抱えきれないほどの幸せを感じつつ、平和な日々を送ってほしいです。でも、やっぱり私は愛されヒロインが大好きなので、ノアに強力なライバルが現れてまた闇堕ちしかけるところも見たい、というか書きたい！と既にいろいろ頭の中で妄想しています。番外編でいちゃいちゃも書けましたがもっとノアの重い愛をエルザに、そして皆様に届けたいです。

ここからはお礼を。担当編集者様、編集協力のライター様。たいへんお世話になりました。おふたりのお陰でノアがどんどんかっこよく生まれ変われましたし、作品の糖度もアップしたと思います。作品を創り上げる過程で、ノアの不器用さと少し暴走気味なところを一緒に笑い合えたりしてとても楽しかったです！　今回は読者様にもその面白さを共有できていたら幸せです。ありがとうございました！

カバーイラストを担当してくださったＲＡＨＷＩＡ先生。先生の手でエルザとノア、そしてリックに蝶のピアニーを生み出していただけたこと、心から感謝いたします！　ラフ画を見た時にすごく可愛いと思い、ずっと完成を楽しみにしておりました。一冊分の物語を見事に表現してくださり、表紙を見るだけで自然とにやけてしまいます。ありがとうございました！

読者様。楽しんでいただけましたか。個性豊かなキャラクターたちに振り回されると同時に、そんな彼らを見ながら皆様が少しでも物語に没頭できたなら幸いです。これからも溺愛を追い越すほどの特大の愛情を持ったヒーローを生み出していきたいと思います。またお会いできますように。

瑞希《みずき》ちこ

瑞希ちこ先生への
ファンレターのあて先

〒104-0031
東京都中央区京橋1-3-1
八重洲口大栄ビル7F
スターツ出版株式会社　書籍編集部　気付

瑞希ちこ先生

本書へのご意見をお聞かせください

お買い上げいただき、ありがとうございます。
今後の編集の参考にさせていただきますので、
アンケートにお答えいただければ幸いです。

下記URLまたはQRコードから
アンケートページへお入りください。
https://www.berrys-cafe.jp/static/etc/bb

結婚前夜に殺されて人生8回目、
今世は王太子の執着溺愛ルートに入りました⁉
～没落回避したいドン底令嬢が最愛妃になるまで～

2024年2月10日　初版第1刷発行

著　者　瑞希ちこ

発行人　菊地修一
デザイン　カバー　アフターグロウ
フォーマット　hive & co.,ltd.
校　正　株式会社文字工房燦光
発行所　スターツ出版株式会社
〒104-0031
東京都中央区京橋1-3-1　八重洲口大栄ビル7F
TEL　03-6202-0386（出版マーケティンググループ）
TEL　050-5538-5679（書店様向けご注文専用ダイヤル）
URL　https://starts-pub.jp/
印刷所　大日本印刷株式会社

Printed in Japan

乱丁・落丁などの不良品はお取替えいたします。
上記出版マーケティンググループまでお問い合わせください。
定価はカバーに記載されています。

ISBN 978-4-8137-1545-0　C0193

ベリーズ文庫 2024年2月発売

『内緒でママになったのに、一途な脳外科医に愛し包まれました』 若菜《わかな》モモ・著

幼い頃に両親を亡くした芹那は、以前お世話になった海外で活躍する脳外科医・蒼とアメリカで運命の再会。急速に惹かれあうふたりは一夜を共にし、蒼の帰国後に結婚しようと誓う。芹那の帰国直後、妊娠が発覚するが…。あることをきっかけに身を隠した芹那を探し出した蒼の溺愛は蕩けるほど甘くて…。

ISBN 978-4-8137-1539-9／定価759円（本体690円＋税10%）

『スパダリ職業男子～消防士・ドクター編～【ベリーズ文庫溺愛アンソロジー】』 伊月《いづき》ジュイ、田沢《たざわ》みん・著

2ヶ月連続！　人気作家がお届けする、ハイスペ職業男子に愛し守られる溺甘アンソロジー！　第2弾は「伊月ジュイ×エリート消防士の極上愛」、「田沢みん×冷徹外科医との契約結婚」の2作品を収録。個性豊かな職業男子たちが繰り広げる、溺愛たっぷりの甘々ストーリーは必見！

ISBN 978-4-8137-1540-5／定価770円（本体700円＋税10%）

『両片想い政略結婚～執着愛を秘めた御曹司は初恋令嬢を手放さない～』 きたみ まゆ・著

名家の令嬢である彩菜は、密かに片想いしていた大企業の御曹司・翔真と半年前に政略結婚した。しかし彼が抱いてくれるのは月に一度、子作りのためだけ。愛されない関係がつらくなり離婚を切り出すと…。「君以外、好きになるわけないだろ」――最高潮に昂ぶった彼の独占欲で、とろとろになるまで愛されて…!?

ISBN 978-4-8137-1541-2／定価748円（本体680円＋税10%）

『冷血警視正は孤独な令嬢を溺愛で娶り満たす』 一《いち》ノ《の》瀬《せ》千景《ちかげ》・著

大物政治家の隠し子・蛍はある組織に命を狙われていた。蛍の身の安全をより強固なものにするため、警視正の左京と偽装結婚することに！　孤独な過去から愛を信じないふたりだったが――「全部俺のものにしたい」愛のない関係のはずが左京の蕩けるほど甘い溺愛に蛍の冷えきった心もやがて溶かされて…。

ISBN 978-4-8137-1542-9／定価759円（本体690円＋税10%）

『孤高のエリート社長は契約花嫁への愛が溢れて止まらない』 橘樹《たちばな》杏《あんず》・著

リストラにあったひかりが仕事を求めて面接に行くと、そこには敏腕社長・壱弥の姿が。とある理由から契約結婚を提案してきた彼は冷徹で強引！　断るつもりが家族を養うことのできる条件を出され結婚を決意したひかり。愛なき夫婦のはずなのに、次第に独占欲を露わにする彼に容赦なく溺愛を刻まれていき…!?

ISBN 978-4-8137-1543-6／定価737円（本体670円＋税10%）

ベリーズ文庫 2024年2月発売

『ご懐妊!! 新装版』 砂川雨路《すながわあめみち》・著

OLの佐波は、冷徹なエリート上司・一色と酒の勢いで一夜を共にしてしまう。しかも後日、妊娠が判明！　迷った末に彼に打ち明けると「結婚するぞ」とプロポーズをされて…!?　突然の同棲生活に戸惑いながらも、予想外に優しい彼の素顔に次第にときめきを覚える佐波。やがて彼の甘い溺愛に包まれていき…。

ISBN 978-4-8137-1544-3／定価499円（本体454円＋税10%）

『結婚前夜に殺されて人生8回目、今世は王太子の執着溺愛ルートに入りました!?～没落回避したいドン底令嬢が最愛妃になるまで～』 瑞希《みずき》ちこ・著

伯爵令嬢のエルザは結婚前夜に王太子・ノアに殺されるループを繰り返すこと7回目。没落危機にある家を救うため今世こそ結婚したい！　そんな彼女が思いついたのは、ノアのお飾り妻になること。無事夫婦となって破滅回避したのに、待っていたのは溺愛猛攻の嵐！　独占欲MAXなノアにはもう抗えない!?

ISBN 978-4-8137-1545-0／定価748円（本体680円＋税10%）

ベリーズ文庫 2024年3月発売予定

Now Printing

『幼なじみの渇愛に堕ちていく【ドクターヘリシリーズ】』 佐倉《サクラ》伊織《イオリ》・著

密かに想い続けていた幼なじみの海里と偶然再会した京香。フライトドクターになっていた海里は、ストーカーに悩む京香に偽装結婚を提案し、なかば強引に囲い込む。訳あって距離を置いていたのに、彼の甘い言葉と触れ合いに陥落寸前！ 「お前は一生俺のものだ」――止めどない溺愛で心も体も溶かされて…。

ISBN 978-4-8137-1552-8／予価660円（本体600円＋税10%）

Now Printing

『タイトル未定(海上自衛官×政略結婚)』 にしのムラサキ・著

継母や妹に虐げられ生きてきた海雪は、ある日見合いが決まったと告げられる。相手であるエリート海上自衛官・柊梧は海雪の存在を認めてくれ、政略妻だとしても彼を支えていこうと決意。生涯愛されるわけないと思っていたのに、「君だけが俺の唯一だ」と柊吾の秘めた激愛がとうとう限界突破して…!?

ISBN 978-4-8137-1553-5／予価748円（本体680円＋税10%）

Now Printing

『敏腕パイロットは契約花嫁を甘美な結婚生活にいざなう』 宝月《ほうづき》なごみ・著

空港で働く紗弓は元彼に浮気されて恋はお休み中。ある日、ストーカー化した元彼に襲われかけたところ、天才パイロットと有名な嵐に助けられる。しかも元彼から守るために契約結婚をしようと提案されて…!? 「守りたいんだ、きみのこと」――ひょんなことから始まった結婚生活は想像以上に甘すぎて…。

ISBN 978-4-8137-1554-2／予価748円（本体680円＋税10%）

Now Printing

『一夜の恋のはずが、CEOの最愛妻になりました』 吉澤《よしざわ》紗矢《さや》・著

OLの咲良はバーでCEOの颯斗と出会い一夜をともに。思い出にしようと思っていたらある日颯斗と再会！ ある理由から職探しをしていた咲良は、彼から秘書兼契約妻にならないかと提案されて!? 愛なき結婚のはずが、独占欲を露わにしてくる颯人。彼からの甘美な溺愛に、咲良は身も心も絆されて…。

ISBN 978-4-8137-1555-9／予価748円（本体680円＋税10%）

Now Printing

『再愛～一途な極上ドクターは契約妻を愛したい～』 和泉《イズミ》あや・著

経営不振だった勤め先から突然解雇された菜子。友人の紹介で高級マンションのコンシェルジュとして働くことに。すると、マンションの住人である脳外科医・真城から1年間の契約結婚を依頼されて…!? じつは以前、別の場所で出会っていたふたり。甘い新婚生活で、彼の一途な深い愛を思い知らされて…。

ISBN 978-4-8137-1556-6／予価660円（本体600円＋税10%）

タイトル、価格等は変更になることがございますのでご了承ください。

ベリーズ文庫 2024年3月発売予定

Now Printing

『ループ9回目の公爵令嬢は因果律を越えて王太子に溺愛される』 小蔦《こつた》あおい・著

侯爵令嬢・シシィはある男に殺され続けて9回目。死亡フラグ回避するため、今世では逃亡資金をこっそり稼ぐことに！　しかし働き先はシシィのことを毛嫌いする王太子・ルディウスのお手伝い。気まずいシシィだったが、ひょんなことから彼の溺愛猛攻が開始!?　甘すぎる彼の態度にドキドキが止まらなくて…！

ISBN 978-4-8137-1557-3／予価748円（本体680円＋税10%）

タイトル、価格等は変更になることがございますのでご了承ください。

Berry's COMICS

ベリーズコミックス

各電子書店で
単体タイトル
好評発売中!

『ドキドキする恋、あります。』

NEW

『艶恋婚～御曹司と政略結婚いたします～①～③』[完]
作画:小豆こま
原作:砂原雑音

NEW

『甘くほどける政略結婚～大嫌いな人は愛したがりの許婚でした～①』
作画:志希ふうこ
原作:蓮美ちま

BookLive先行配信

『冷徹社長の執愛プロポーズ～花嫁契約は終わったはずですが!?～①～③』
作画:七星紗英
原作:あさぎ千夜春

『トツキトオカの切愛夫婦事情～最後の一夜のはずが、愛の証を身ごもりました～①～⑤』[完]
作画:三星マユハ
原作:葉月りゅう

『一途なケモノは身も心も奪いたい～腹黒上司に溺愛契約結ばれました!?～①』
作画:よしのずな
原作:桃城猫緒

『エリート御曹司が花嫁にご指名です①～③』[完]
作画:えだじまさくら
原作:若菜モモ

『一晩だけあなたを私にください～エリート御曹司と秘密の切愛懐妊～①～③』[完]
作画:いちかわ有花
原作:滝井みらん

『離婚前提、夫婦はじめます～極上社長ととろ甘新婚生活～①～②』
作画:森 千紗
原作:紅カオル

電子コミック誌

comic Berry's

コミックベリーズ

各電子書店で発売!

毎月第1・3
金曜日
配信予定

amazonkindle　コミック シーモア　Renta!　dブック　ブックパス　他